Barranquilla
Departamento del Atlántico
Colombia

Gaetano Segundo Mucca
(Umberto Segundo Vacca Coronell)

Fotos autorizadas: Andrea Martín (Bs. As. Argentina)

Diáspora de las Almas de Genéttano

A Dios, por la fé, la vida
A mi esposa Mari Carmen
A mi hija Isabella

A mi madre Nidia María
A mi padre Luis Ángel

A los de la diáspora italiana, y sus descenduentes en Sudamérica

2023

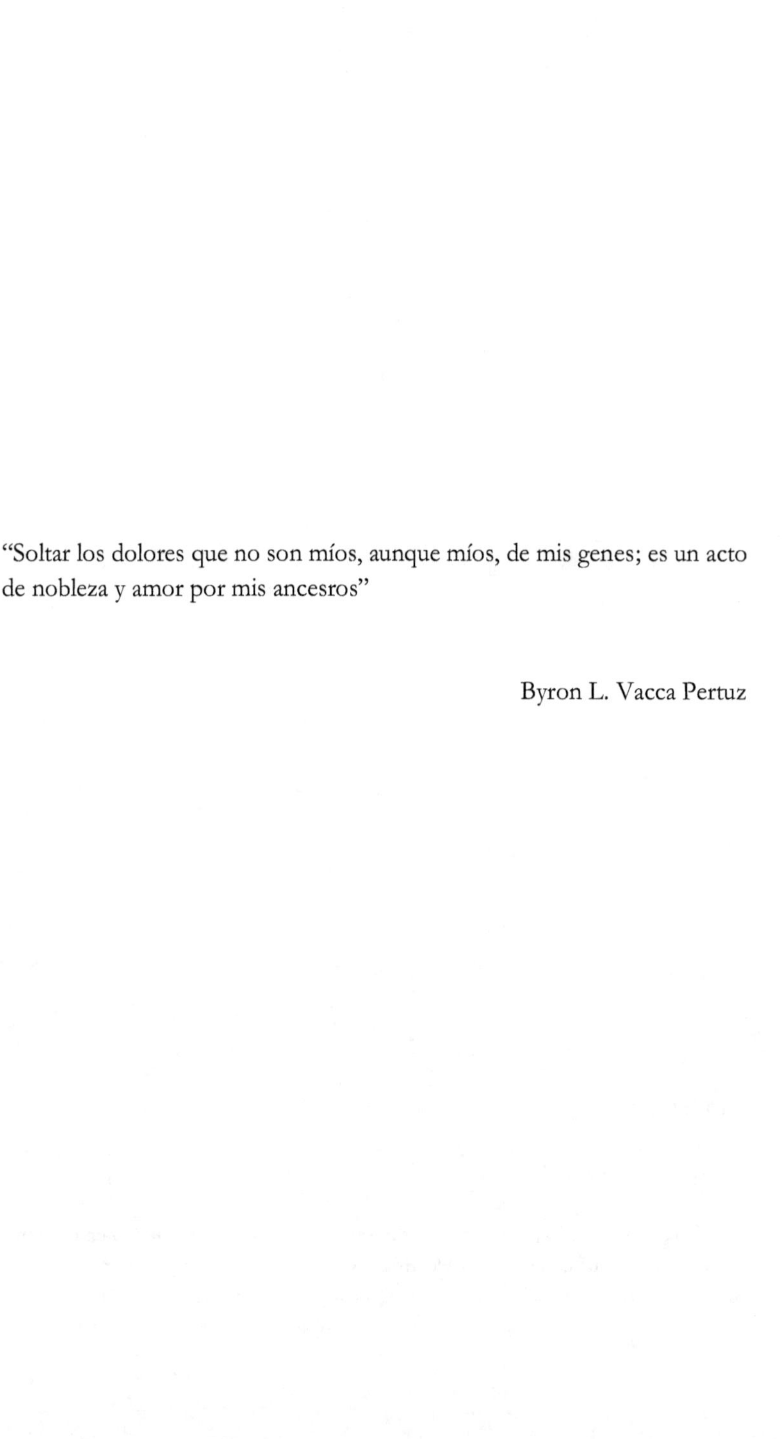

"Soltar los dolores que no son míos, aunque míos, de mis genes; es un acto de nobleza y amor por mis ancesros"

Byron L. Vacca Pertuz

3028386577

e-mail: polomboliterario@gmail.com

1ª edición, agosto 2023

Contenido

Prólogo

El exseminarista, administrador de empresas, urbanista y escritor Byron Luis Vacca Pertuz, nació el 29 de julio de 1967, en Polonuevo, municipio del departamento del Atlántico, Colombia. Desde la adolescencia, le surgió su interés por conocer sobre la vida de su bisabuelo (bisnonno), un italiano inmigrante de finales de siglo XIX, quien lo <<perseguía>> en sus sueños e ingenuidad; con el fin según la obra, de lograr el retorno a casa junto con sus paisanos nostálgicos de toda Sudamérica, asunto, que el autor asumió como una misión seria y obligante, que derivó en la perturbación del sosiego de él y una amiga de Argentina. Por más de tres décadas de su vida, Byron, buscó en los recovecos de las casualidades, sueños e indiferencia de quienes adujeron saber algo de su ancestro; que huyeron del escenario como verdaderos fantasmas o duendes burlones. Para efectos de contextualizar el escrito, identifica dos sitios, el geográfico, que denominó en la dimensión terrenal <<El Bálsamo de Las Arenas>> y la supranormal, la isla de Genéttano.

La diáspora italiana, fue la emigración a gran escala de italianos desde la bota itálica hacia diferentes destinos del mundo. Se destacan dos grandes emigraciones. La primera, inició alrededor de 1880, dos décadas después de la unificación de ese país, y culminó en 1920 hasta la década de 1940 de la Italia fascista. La segunda comenzó tras el final de la Segunda Guerra Mundial y terminó en la década de 1970. Las guerras, la miseria y la pobreza fueron las principales causas del fenómeno migratorio, aunado a la falta de territorios en el sur de Italia y las condiciones precarias de la calidad de vida. Hasta 1860, gran parte de Italia se constituía en una sociedad rural, de pueblos y ciudades pequeñas, sin presencia de la industria moderna. La gestión de la tierra no era favorable, específicamente en el sur y el noreste, lo que desmotivó a los agricultores permanecer en la tierra y trabajarla. No obstante, la superpoblación del sur de esta nación, como resultado de las mejoras en las condiciones socioeconómicas tras la unificación, generó un auge demográfico e indujo a las generaciones emergentes, a partir en masa a finales del siglo XIX y principios del XX, hacia las Américas.

<<*Los argentinos italianos son ciudadanos nacidos en Argentina de ascendencia italiana o personas nacidas en Italia que residen en Argentina. El italiano es el origen étnico más grande de los argentinos modernos, después de la inmigración española durante la población colonial. Se estima que hasta 30 millones de argentinos tienen algún grado de ascendencia italiana (62,5% de la población total).*>> (https://www.familysearch.org/)

<<*El argentino es un italiano que habla español, piensa en francés y querría ser inglés». La frase de Borges ilustra con la mejor ironía porteña el eterno problema identitario de los argentinos.*>> (ABC Cultural)

La obra <<Diáspora de las Almas de Genéttano>>, es un documental a guisa de novela, de novela en tiempo cíclico e intemporal; en prosa poética. Inicia con el alma del bisabuelo, que intranquiliza al adolescente, quien, durante 30 años, anda en la búsqueda de su verdad ancestral. Descubre en el trasegar de la obra, que su situación se generaliza a lo largo de las tierras sudamericanas. Reseña a Argentina como la de los brazos abiertos y Colombia el caso vivencial tipo con el desposeído; desde su propia experiencia.

En el texto, la poesía salta como chispas cromáticas desde el primer párrafo. Con su licencia de poeta, Byron L. Vacca Pertuz pasa del narrador en primera persona del singular, a la tercera metaforizada. La filosofía, como un ente vivo en los actos y razones del ser, es tratada de forma tangible, de praxis. El autor mezcla lo grandioso y universal con detalles tiernos y sencillos, muy particulares, con costumbres provincianas; es decir, lo intangible con la sencillez material.

Profesor Diego A. Arteta Charris

La lluvia y yo

De niño, me llamó la atención la lluvia, sus relámpagos y perfectos compases, acompañados de sonidos estruendosos y tranquilizantes. Ver las gotas caer en la medianoche, traspasadas por la luz amarilla de la lámpara del poste de la luz, aún me traslada a las ventanas de todas las casas y balcones de los lugares en que he vivido. Son somníferos para mi alma. La lluvia y la noche juntas, son mágicas. Anhelaba se fuese la luz, para que los eternos abuelos encendieran los mechones de Kerosene. El olor tierno característico del humo de las llamas, aunado a las sombras que se formaban en las paredes por el titilar de ellas, inundaban de un hermoso misterio el aposento donde dormía o desvelaba. Mayo es el mes de las precipitaciones nocturnas, de percusiones celestiales sobre las láminas de zinc, de aromas a rosas maternales y serenatas extintas. Como aquélla de 1985, en que las gotas parecían más lágrimas de un cielo herido, quejumbroso, que de las nubes saturadas del vapor del cansancio de la tierra. Justo una noche de ese mes, inició mi intranquilidad. Visioné la figura de una persona tendida sobre una cama de roble y hierro forjado, con colchón relleno de lana y retazos de telas de a kilo. Alrededor del cuerpo inerte, distinguí personas muy estilizadas que murmuraban sobre asuntos ininteligibles, no escuché llantos ni sollozos. Ellos se miraban entre sí, como forcejeando con sus pupilas dilatadas, la nueva jerarquía en la familia y el puesto para cargar el férctro. En esa época, ser visible durante el cortejo, confirmaría tal hegemonía. El finado, de buen vestir, tenía la cara triste y tensa y las manos empuñadas. Quien quiera que fuera, cruzaba sobre su pecho, una bolsa pequeña de cuero con un grabado repujado de unas iniciales y una fecha. Alcancé leer G.L.V…, una cuarta letra me resultó borrosa. Ahí, en ese pequeño objeto cosido delicadamente, semejante a las aseguranzas que los indígenas vendían por las calles polvorientas de mi pueblo, para evitar el <<mal de ojo>> a los recién nacidos, dijeron entre murmullos, guardaba los recuerdos de su familia, su infancia y su patria. Este fue mi primer sueño con alguien desconocido, en una lluviosa noche sin luz.

La sala del velorio

Como es costumbre aún en los pueblos de la costa caribe colombiana, el sitio de velación usualmente se ubicaba en la sala de la vivienda del difunto. El del sueño con el desconocido, en una casa blanca, alta, amplia, de cuatro aguas con tejas de cemento jaspeadas por el tiempo, puerta de madera de dos hojas, frente ancho y tres ventanales mirando al lateral derecho del templo del pueblo; muy seguro el de la missa solemnis. Ahí situaron cuatro candelabros plateados   sendos custodios del ataúd. En la pared del fondo dos cuadros de fino acabado, uno del Sagrado Corazón de Jesús y el otro de María Virgen. Entre estos, un crucifijo de madera de talla española, del que colgaba un escapulario con aroma a rosas.

Como un invisible intruso de medianoche, caminé en medio de los dolientes, hasta acercarme a ella, la hija del fallecido — porque lo evocaba en su lánguido lamento. Era blanca, hermosa y sutil. Su cabello negro alquitrán opacaba la belleza del velo negro de encajes, que sujetaba con sus delicadas manos adornadas con guantes de textura floral. Llamó mi atención un señor canoso, vestido de saco y corbata, que, en actitud reverente, sostenía un sombrero Borsalino con sus manos. Elegante y perfumado cruzó el umbral de la puerta de entrada, saludaba con su mirada imponente y pesada. El caballero de estatura media, nariz ancha y encorvada, usaba lentes gruesos con montura negra. La gente le abría el paso, hasta el aire se aquietó subyugado por el aroma del poder y su respiración entrecortada. Llegó hasta donde se mecía otra mujer — tal vez la compañera o esposa del finado —; susurrandole al oído, le dio un abrazo y el pésame protocolario. Posteriormente, dirigió su mirada al mecedor del lado derecho, sonrió a la bella del cabello alquitrán y dijo:

— Hija eres de mi mejor amigo, que yace ahí; la promesa cumpliré. Ella lo miró con incredulidad.

El personaje pasó su mano derecha sobre la tapa del féretro, vió por última vez a través del vidrio el rostro cianótico del que decía fue su amigo, se retiró al patio de la vivienda, pidió un café cerrero; detrás le seguían los peones — asumo esto, porque vi uno cuidándole una especie de bastón y otro una gabardina negra. La voz del hombre quedaría grabada en mi memoria, igual, el lenguaje kinésico de su rostro.

Los truenos me despertaron, no concilié más el sueño. Como siempre, fui a ver las gotas caer, atravesadas por la luz del poste.

Sueños y recuerdos vivos

Se avecinaba el fenecimiento de mi adolescencia, en dos meses cumpliría mi mayoría de edad; en octubre mi padre me llevaría a la registraduría de La Soledad, a finales de año contaría con mi cédula de ciudadanía, ya tendría vía libre para entrar a los billares y jugar, sin temor a los policías del cuartelillo ¡Tantos afanes juveniles distractores había! Pero, los sueños hacían caso omiso de ellos, no cesaban, se tornaron reiterativos, vividos como míos; me aquejaban cada vez más. Eran sueños vivos, demasiado vivos, podría sentirlos, oler sus vientos de aromas escritos en canciones de fiestas patronales; no percibía quien los provocaba. Han sido escenas inquietantes; con cortinas de lloviznas saladas y tristes. No aprehendía del aire razón justa a estos sucesos nocturnos, a veces surgían en las alboradas.

En las tantas pequeñas habitaciones, de paredes sin repellar que he habitado, deambulaba meditabundo con el café tinto hirviendo, que quemaba mi mano por lo distraído y ausente. Usualmente, despertaba exaltado, en ocasiones sudoroso y desubicado. El único recuerdo que advenía con frecuencia a mi mente, de manera lúcida y espontánea, que asociaba extrañamente con esos sueños, era verme de pie agarrado de la mano de mi padre, en la terraza de una gran casa de techos altos de un pueblo caluroso e ignoto para mí. Recuerdo mirar hacia el patio inmenso de arena apretada, cercado por matas tupidas y llenas de espinas, con frondosos árboles frutales que se avistaban perfectamente desde afuera; en especial los de Caimito y Ciruelo. Distinguí en él, además, unos tractores con cuchillas para el arado, tráileres repletos de frutos de la palma de aceite. Todo olía a fortuna, todo me era familiar. Me atrajo el juego de unos niños, que corrían con sus cachetes colorados. Vi sus figuras como estantiguas atravesar los árboles, todo sucedía en lentos segundos de un tiempo aletargado, que pudo haber existido. Les sonreí, ellos hicieron lo mismo. Fuera de sí, no sé si en mis cabales, o trance; vi, se esfumaron de mi vista. Afirmo: respiraban y tenían alma. La voz emocionada de mi padre, irrumpió entre dos hechos vivenciales simultáneos, que doy fe de su probidad. Presumí, el asunto no iba a quedar ahí. Se erizó mi piel.

Vuelto a los tiempos del recuerdo, vi a una mujer que abrió la puerta principal de la casa, era de contextura delgada, un poco entrada en edad, destaco su rostro vestido de facciones finas; sin duda tenía clase. Aquella señora parecía estar de luto, el atuendo fúnebre, blanco con florecillas negras y la hiel de su amargura, lo evidenciaban. La mujer, en segundos, acabó con la alegría de mi padre. Retumba aún en mis oídos las voces de esa corta conversación entre ellos, por cierto, muy hiriente.

— ¡Prima! — exclamó mi padre con voz entusiasta.

— ¿Quién los invitó? — preguntó en forma despectiva la mujer.

— ¡Vaya coma m…! — respondió ofendido.

En nuestro pueblo, llegar de improviso donde los familiares, se constituía en motivo de alegría y fiesta, acá resultó lo contrario; despreciable. Él, apretando los dientes, asió fuertemente mi brazo, nos dirigimos al carro yéndonos para siempre. De lejos miré a los niños asomarse por un portillo de la cerca, sonrieron el adiós. El niño, pantalón corto, camisa manga corta con tirantes, hizo un gesto con sus manos pegadas a la mejilla derecha, quizá emulando el sueño. De la niña resaltaban las pecas en la cara. Su hermoso cabello expedía destellos cobrizos a la luz del sol, que se deslizaban a lo largo del trenzado. Su aspecto tierno conjuró mi profunda decepción y desconcierto. Había dos más — niño y niña —;

sentados en una especie de columpio butaca, bajo una enramada de Maracuyá que cubría un pórtico de madera pintada de blanco; ambos me daban la espalda. Giraron sus testas para mirarme; sonrieron con timidez y corrieron difuminándose con los rayos solares.

Pernoctamos en un hotel para camioneros de dos plantas, contiguo a una estación de gasolina. La habitación asignada era amplia, contaba con un abanico de techo — un poco desnivelado —, dos camas, almohadas y sábanas limpias; con aroma a Varecchina la lejía de la época. Rememoro mi primer desayuno con changua y la atención esmerada de los empleados con acento del interior. Añoro esos momentos con mi padre. Por primera vez, dormía en un hotel, así fuese de media estrella. Esto lo contaría después, lleno de orgullo a mis amigos del colegio y de la cuadra donde vivía.

De la casa de la soledad, a mis ancestros

Igual recuerdo cuando salimos de casa, muy modesta, de las construidas por el entonces Instituto de Crédito Territorial; en el municipio La Soledad. Su olor a obra gris me agradaba. Partimos, luego de la bendición de mi madre; en un jeep Willys rojo modelo 62, carpa blanca, que alistó mi padre justo para la correría por las tierras del Magdalena; la de nuestros ancestros europeos. Es que él, deseaba conociese a los descendientes de su abuelo Gaetano Luis; mi bisabuelo italiano. El que fuera marido de la candonguera Maruja Coronell, con quien tuvo a Gaetano Segundo y Gaetano Gabriel; según mis tíos, nacida en Costamía, un municipio de la provincia del Caribe. Maruja, mi bisabuela, de la que lamento, sé poco. Únicamente la referencio con unos papeles eclesiásticos que hallé y la histórica sentencia gritada de mi abuelo Gaetano Segundo, con la que decretaba in memoriam de su madre; castigar a sus hijos por sus travesuras diarias. Estos vástagos los procreó mi abuelo en Rinconcito del Atlántico, con María Cabita Gutiérrez, hija de Juan Cabita – que era cojo y negro — y Rosaester Gutiérrez. Mi Bisabuelo Juan Cabita, ese, que, de acuerdo al testimonio escrito que cito, de uno de sus nietos, mi tío Giorgio Eliécer; aburrido de la vida le propuso: << *"Mijo, ya no tengo ganas de vivir, esta pierna no me deja; ahora que todos están dormidos, coge el martillo que usa tu papá para arreglar zapatos, y méteme un martillazo, en todo el cogote; te juro que yo ni digo nada …pero que llegó el momento de preferir la muerte natural, evitando el suicidio por aquello del infierno; y buscó morirse de cansado, viejo, sufrido, solitario y con la benevolencia de no hacer sufrir más a sus hijos y nietos; él sabía que cada uno de sus familiares, lo guardaría en su corazón, dependiendo de la estructura mental, anímica y de `paz que cada quien albergara en su mente y en su corazón.*>>.

Según <<*La libreta de anotaciones, de la edad de los hijos Mucca Cabita,*>> escrito a puño y letra por mi abuelo Gaetano Segundo, fueron ocho en total: Gaetano Gabriel, Humberto Enrique, Gaetano Luis, Luis Garibaldi, Francesco Eladio, Giorgio Eliécer y Rafaella Julia (nacieron mellos) — Rafaella Julia no sobrevivió después del parto —, Francesco Eladio — murió de diez años por difteria — y Vittorio Manuelle; el bordón. Sobreviven Gaetano Luis mi padre y Vittorio Manuele. Antes, estuvo casado con Sarith Peñascoso, con quien tuvo a mis tías Eva, mujer llena de sabiduría y Maria a quien conocí por fotos; hermosa — su apodo era el nombre de mi bisabuela, Maruja.

Las aguas cantarinas

Pasado el amargo suceso, salimos rumbo a otro sitio, a varios kilómetros de allí, a una vivienda de bahareque, techo de zinc y piso de arena, ubicada muy cerca de la vía del tren; así la describió mi padre en el trayecto. En el viaje, observamos muchas plantaciones de banano y palma de aceite, de lado a lado. Ríos y quebradas cruzaban por debajo de la carretera. Se escuchaban las aguas cantarinas de cristales prismáticos que endulzaban el paisaje, lo hacían verde turqués desde la ventana de mis ojos; desde entonces uno de mis colores preferidos.

Durante el recorrido mi padre nombró tres poblaciones, Sevilla, Orihueca y Varela, el ruido del motor y el viento, se llevaron el motivo por el que las citaba. El olor del campo, como el canto de las aves, perfumaban esa quimera, que jamás cayó en el olvido.

Rompí el silencio adormecido por los arrullos del monte, pregunté sobre el nombre del pueblo que habíamos dejado atrás, el de la casa de la mujer del lúgubre hastío. Sacramento, respondió mi padre. No hice más referencia sobre el asunto. Verlo compungido y triste por lo sucedido, me hizo brotar unas lágrimas. El Willys parecía ser solidario, sollozaba con el ronroneo de su caja de cuatro velocidades y el sonar de los cuñeros desgastados del motor. La estela de la reverberación de ellos, me hacía cabecear y golpear contra el marco de la puerta de la carpa de varillas. Sacramento marcó mi vida, por el hotel, su río que corría bajo el puente de su entrada y los niños aquellos, que no se mudaban de mi mente. La señora delgada, por su maldad, quedó postrada a ser sombra vestida de negro y blanco, por la eternidad de su existencia. Aquí doy término justo

a su triste protagonismo en esta historia.

La llegada a Varela, exuberante calor familiar

Bordeando la línea del tren, como si pasáramos a otro mundo, llegamos a Varela, corregimiento en ese entonces de Ciénaga Magdalena; que tomó su nombre del señor Manuel Varela. Un potentado, quien era dueño de la hacienda sobre cuyos terrenos se erigió. Cuenta la leyenda, decían, tenía pacto con el diablo; según la tradición oral de los pueblos circunvecinos. De público conocimiento era, que este señor cada año ofrendaba al ser maligno la vida de un peón, para aumentar sus riquezas. De tal forma obtuvo su gran fortuna a principios del siglo XX. En Ciénaga, es célebre su gran mansión blanca. En medio de las ruinas de esta edificación, emergen vestigios de las excentricidades de este personaje.

Cuentos tenebrosos de los pueblos. En fin, quedó: <<La Casa del Diablo>>.

El recibimiento de nuestros familiares en Varela, contraria a la anterior en Sacramento, fue cálida y cariñosa. Mi padre era otro, la alegría lo embargaba, brillaba su rostro; eso me llenó de regocijo.

— ¡Gaetano Luis! — gritó un hombre del cual no recuerdo su rostro ni nombre. Nos recibió con los brazos abiertos. Noté su camisa desabotonada y el aura de amabilidad que poseía. Alrededor de él, toda una prole, personas extremadamente alegres, sentí el exuberante calor de la familiaridad consanguínea.

— ¡Primo! — exclamó papá — atrás quedó el dolor y la frustración vividos en Sacramento.
— ¿Qué tal el viaje? — preguntó el primo.

— Excelente, gracias a Dios — no comentó nada sobre lo acaecido pocas horas antes, en aquel caluroso pueblo.

— ¿Quién es este muchacho? — Refiriéndose a mí.

— Mi hijo, primo, el segundo de los tres que tengo, el menor se llama Gaetano Luis.

— ¡Por Dios, hay Gaetano Luis para rato! — quizá haciendo referencia al ascediente italiano —. Poca importancia dio al comentario. Lo cierto es que, cuatro generaciones ininterrumpidas bautizadas Gaetano Luis, hasta el siglo XXI, hay.

Sentado en un taburete de madera y cuero de vaca, detallé el entorno, fijé los ojos sobre la casa de bahareque y techo de láminas de zinc; se notaba fresca y llena de amor. Resaltaba su estructura, que era de barro y varas de corozo expuestas como costillares. Estas viviendas, en su sistema constructivo, originario de los pueblos indígenas de

América, son ideales para contrarrestar la emisión de dióxido de carbono a la atmósfera; es decir, son construcciones de avanzada. Después que, mi padre, feliz, entregaba ropas usadas, <<remontas>>, pero de buena calidad, de estreno, fuimos a un lugar llamado <<Acequia Grande>>, una especie de canal de aguas cristalinas, dulces y frías, ubicado entre las plantaciones de banano; utilizadas para el riego de éstas. Allí tomamos un baño refrescante con los nuevos primos y primas, una de ellas parecida a mi hermana Marián.

Finalmente, compartimos un sancocho de gallina, vianda gloriosa de los montes. Nos despedimos con abrazos y bendiciones. Jamás he podido retornar a Varela.

Mi perturbación por algo sobrenatural

Pasó el tiempo, pero no la perturbación, esta, cada vez aumentaba, ese alguien insistía con su presencia. Pensé, en cierto instante, era mi abuelo Gaetano Segundo, fallecido en 1972. Por ello, decidí hacer un relato corto sobre su vida, con letra manuscrita cursiva a tinta negra. Aún conservo este hermoso escrito, inconcluso. Aborté esta labor por causa de los niños impertinentes, vinieron por la noche e hicieron lo suyo otra vez. Fue desastroso, aburridor e insoportable, se convirtió en una molestia que se incrementaba con el transcurso de los días, meses y años. Todo indicaba que algo detrás de esto existía, fuera del contexto natural, sin explicación alguna. No obstante, creí, que, ignorando esta situación, iba a cesar el tormento. Percibía miradas, voces suaves y delicadas, palpables, quizá la de los niños aquellos. Los sueños surgían de algún lugar de mi cuerpo y afloraban por las noches.   Mi pensamiento desordenado sentía el estropicio de remolinos, como el abrir y cerrar de puertas sin cerrojo, similar a los ladridos de perros callejeros detrás de una perra en celo.

Reconocer la necesidad de confrontar hechos de este tipo, resulta irracional e incoherente. He osado enfrentar lo intangible, pero es propicio relajarse, buscar la sobriedad y espantar los miedos ocultos en las propias sombras, recreadas por nuestras pupilas temblorosas. Eso intenté, pero la gota rebosó el vaso y grité al vacío, desesperado: — ¡Marcoria sea! — ¡Otra vez!, el cinco del mes primero, del anuario doce a los veinte lastimeros, sumado al primer desvelo, han pasado treinta y siete años, no es un sueño perecedero, es una deuda que desconozco el usurero.

Enciendo y apago el pebetero, no hay aquo, no hay libelo, ¡qué vahído existencial! ¡Quién eres, por Dios!

Escuché el ruido del silencio, tomé la olla caliente del café y serví el cuarto pocillo de la noche. Me senté en un banco de madera que recosté sobre la pared del patio, e inicié el ritual de tomarlo acompañado con galletas Punto Rojo. Es hermoso apreciar las estrellas de siglos anteriores, las mismas de hoy. Tal como hacía en mi pueblo, tirado boca arriba sobre la floja arena, con mi hermano y hermana, tíos contemporáneos, amigos y amigas; en los fríos diciembres de mi mejor niñez, para luego acostarnos mojosos apretujados en una sola cama.

A la velocidad del tiempo, abrí mis ojos en la Villa de San Nicolás. Vivía ya solo en un apartamento rentado, muy pequeño, sobre la carrera 34, <<Ye>> de la calle 65, barrio Danubio, diagonal a una sede de la Cruz Roja. La vivienda contaba con un minúsculo patio, donde había una batea de cemento coloreada de rojo mineral. Ahí, lavaba mi ropa por las noches luego de llegar de la universidad. Tenía entonces veintiocho años.

Filosofía de la persecusión en contra mía

Recostado sobre la cama, que fuera alguna vez una litera, medité tantas veces, que rayaba en lo ridículo e iterativo. Siempre era lo mismo, ¿sin motivo? De soslayo me miré al espejo, colgado en una sala forrado en papel tapiz dorado y beige; de otro lugar de mejor aspecto, diría elegante. Sentí el vértigo del torbellino atemporal de mi vida. Caí sobre un elemento giratorio, que sobre ruedas me lleva de un lado para el otro, hasta el rincón de una oficina. Pasaron quince años. Inevitables canas y suaves arrugas dieron el campanazo del paso de las etapas humanas y la llegada de la sabia madurez. Esto me hizo recordar a Evodio que decía: <<… que apenas ayer había nacido y los días siguientes ya era un viejo.

Sólo lo fugaz del pensamiento a su juicio, superaba todo, hasta su vida que ya no existía.>>

La persecución inmisericorde de ese alguien, sin geografía ni reloj, que infiero, algo tenía que ver con los niños aquellos; no tenía pausa. Mi silla, mi trono y sopor de las faenas escriturales, no sé si ciertas o mentirosas, pero sí enervantes; se convirtió en la cómplice de las noches de insomnio. La exasperación me llevó a la protesta inocua y sin eco. ¡Qué idiotez!, sentarme una y otra vez sobre este artefacto con rodajas chirriantes, que enloquecieron y mataron al grillo Guillo que vivía en la canasta de ropas sucias. El muy torpe, creyó estar en una batalla de cantos, esforzó hasta el cansancio sus pequeños hemiélitros, sucumbiendo hasta la muerte. Semejante a él, este humano grillo parlante, sufre igual por el ruido de las mismas rodajas, lucha diariamente contra este mundo que lo saca de quicio. Urgía encontrar un estímulo válido para no dejar de respirar, aun estando vivo. Sentirse fuera del contexto social por causa de esto, no es fácil, no hay interlocutores, pierdo mi tiempo. Pienso, llegó el día, y lo debo encarar. Las fechas se cumplen; pero no hay retorno del tiempo vil, que he dilapidado con el trasnocho como ciego servil.   Temor, ya no siento; no hay juicio ni desespero. Empero, sigo aquí, como recibiendo órdenes, que para mí no es difícil, por mi espíritu militar. Me infesto de ello. A ver si así, asimilo este cuento que invento, quizá en mi entender, que describo como una obra ilusoria de bobos, no por ímprobo, sino por estorbo de mi diario trasegar. Lo más cruel de este intento, es que no sé si hay llanura, vacío de abismos o mesetas sin horizontes al final. Siento que en mis lomos llevo a cuesta una pena y dolor que no son míos, me aquejan incesantemente, al punto, que las viandas me indigestan. Logro aliviar la acidez de la malcriadez, con el bicarbonato, atenuante naturista de los que dicen los viejos, es efectivo; que cuida no solo lo digestivo, sino, que aumenta el rendimiento físico; asunto relevante para este pensante histriónico.

Pues lo asumo, como una maratón de kilómetros de letras aguardándome. Confieso, para ello jamás me preparé; ignoro dónde está el fin. Quiero que sepan, alguien me habla, está en mi mente, lo escucho triste, lo estimo ansioso, no define su inquietud ni el término de su clamor. Es una gesta de voces extrañas, que ondean en la flotante noche de una habitación sin luz: la mía.

Lo que es, o sea, me despierta, es persistente, impertinente e insistente. Me induce involuntariamente a escribir y escribir. No sabes cómo hacerlo, para qué y por qué, pero lo haces; te toca. Infiero, son ellos, los niños del pueblo aquel. Siento que son mis genes foráneos que gobiernan mi vida íntima. Me hacen caminar por senderos que esquivo; pero que, por obtuso, me voy en contravía de manera equivocada y desmañada.

Responsabilizo al mundo por mi distracción, él es el culpable de las dilaciones. Me margina de escribir sobre estos asuntos serios. Sus afanes frívolos y egoístas, de aires superfluos y melosos, no de miel de abejas buenas, sino de las que absorben la glucosa de los tarros de basura; me llevan yerro tras yerro, llenándome de ansiedad. ¿Quién diferencia las mieles, por buenas o por malas, si son envasadas en idénticos tarros? Sólo los campesinos desprovistos de afanes y provistos de sabiduría ancestral. Ellos sí escuchan y obedecen a sus niños. Lamentaría el día en que desobedezcan; sería el principio del fin del mundo.

Volviendo a lo mío, ellos mis genes, los niños aquellos, que me inducen a hacer lo que me apasiona, quehacer que rehúso con renuencia inconsciente.

Pero, ¿la vida ordinaria?, ¿quién la soporta?, ¿quién la financia? Razón tenía Francisco de Quevedo al expresar:<<El que escribe para comer, ni come ni escribe>>. Algunos dirán: <<no es cierto>>. Aclaro, me refiero a la escritura que tiene cuerpo natural y esbelto, no del <<offset express>>, tal como sucede con la música en todos los tiempos. Cada quien, con su argumento y convicción. Es respetable, pero hay que dar justos lugares, a los que llevan las letras a la eternidad universal.

Esta es la angustia que vivo, pues me siento aturdido y a veces sin báculo vocacional. Pero, lo dicho por aquél, el que tildaban de incomprendido en cualquier familia de la tierra, hoy es un ser ejemplar. Bastó que tomara la correcta decisión, asumió las consecuencias y fieramente siguió a sus genes, a sus propios niños, que protestaban en su mente. Se fue a aventurar en busca del Arca Perdida y la halló. Sin embargo, hay que trabajar y vivir sin dejar la trocha, esa que muchos temen tomar, por lo incierta e inhóspita que es.

Voluntad y fe

En esto, insto a los jóvenes, no hay que rendirse. La teoría anterior se refiere a la voluntad y la fe. Lo que trato en este momento de expresar, es sobre el alma, con algo de tinte espiritual, un misterio que lejos estoy de develar. Es, reitero, mis genes, los niños que también piensan y hablan. Son sugestivos e incitan a las personas a ejecutar actos inverosímiles, pero que adquieren gran sentido con el avance del tiempo y luego el ocaso de la vida, si hacemos lo correcto: es relevante auscultar lo generacional.

Fue necesario tratar lo anterior, con el objeto de explicar y justificar, que esta es una locura con o sin motivos, opuesto a la realidad de mi vida. Nunca he sido escritor. Me dediqué tanto tiempo a escuchar a los sabios, preguntar e investigar, leer tantos libros de todo tipo, sin encontrar los cabos sueltos. Debo aceptar mi debilidad, recuerdo escasamente lo leído. La única prueba de mis lecturas juiciosas, es que los autores y sus obras cambiaron mi vida de una u otra forma, sin dejar de ser, lo que descubrí que soy. Muy difícil para mí trazar a los grandes literatos del universo. Lo curioso es, que, al escuchar las melodías de sus letras, que reconozco en la mixtura de las bibliotecas donde vuelan libros con espíritus heroicos; sé sus nombres, pero no los recuerdo o los confundo al citarlos. De ahí, que prefiero enmudecer en las reuniones donde polímatas y bibliófilos exponen con envidiable lucidez, fragmentos de obras literarias de toda índole. Antes me preocupaba y vergüenza sentía; hasta el día que leí de John Piper: *"... Puede que no sea justo para los libros, pues los párrafos hallan su camino a nosotros a través de ellos, y frecuentemente ganan su peculiar poder a causa del contexto en que se encuentran dentro del libro. Pero el punto se mantiene, una frase o un párrafo podría presentarse con tal poder en nuestra mente que su efecto es enorme, cuando todo lo demás se ha olvidado."* Pero, mi caso es grotesco, aun párrafos u oraciones olvido, el espíritu de las letras, no.

Gracias a las conversaciones <<casuales>> en tertulias familiares, donde he estado presente, logré grabar en mi mente, relatos sobre eventos que apuntalan en parte los hechos que narro. Ellos, voluntaria o involuntariamente, ocultan y enclaustran en sus fotografías y videos neuronales, recuerdos que se van desgastando y borrando del hipocampo con el paso de los años, hasta su reseteo y pérdida definitiva con la muerte. Dejan a sus descendientes huérfanos de la valía generacional. Dispuse ser un moderno escribano, de lo que llegase a mi mente y escuchasen mis oídos; sean dictados o mensajes apócrifos, ridículos, pusilánimes o nimios. Me propuse derrotar la ignominia y el temor, que cada día se roba y frustra los sueños de grandes y anónimos albaceas, de mensajes e historias, dignas de contar al mundo. Este ejercicio tuve que hacer para no quedarme en la berma del camino, dejar de procrastinar y confrontar esta realidad ¡Qué incierto es su final! Esta es la única forma de avizorar y aliviar los dolores genéticos, recibidos de mis antepasados, sin ser míos, pero míos, al fin. De paso, dejarlos ir en paz y felices al siempre jamás.

Andreina y yo, descendientes de la diáspora italiana

Así sucedía con Andreína, mi amiga de Buenos Aires, Argentina, nieta de uno más de la diáspora italiana de inicios del siglo veinte. Andreína llora a solas sin aparente razón. Igual que a millones le sucede, me cuento entre ellos. Aún no les ha sido posible cerrar los ciclos inconclusos de sus ancestros tanos; que viven en sus genes. Andreína y yo, ambos, sufrimos el fin sin fin de ellos. Me cuenta, le hierve la sangre y no se halla en su inquietud. Por el cruce de nuestras vidas, confieso, me asalta la intriga y el temor; ella dice lo mismo. Por eso, tomé a las 10:30 a.m un vuelo en la nave del Street View, viajé con los vientos sin aire y mudos motores. Recordé esos vuelos del Piloto Otilo, antes de volar hacia el castillo de Al-Avid de Olop-Oveun: ... <<*Honorables pasajeros: bienvenidos a su vuelo HE001, es un día soleado sin nubarrones, relájense, no habrá turbulencias; eso creo, disfruten* —. *Así, emprendió su vuelo hacia un lugar desconocido, …>>*

Arribé sin pasaporte ni pista de aeropuerto; a las 10:40 a.m del 28 de abril del 2023 a Buenos Aires, exactamente en Caseros, Villa Alianza, Italia 360. Pero el día de mi aterrizaje, según los tiempos de la nave, fue el 13 de abril del 2023; quince días de diferencia. Razón la de Evodio que decía: <<*… que apenas ayer había nacido y los días siguientes ya era un viejo. Solo lo fugaz del pensamiento, a su juicio, superaba todo, hasta su vida que ya no existía*>>. Qué sabiduría de otro loco más.

Desde el cielo observé los techos de las casas. Andreína me orientó en tiempo real, es decir, el mismo día, aunque la nave viajó quince días antes. Durante el extraño aterrizaje, pude ver su vivienda de rejas grises, elaboradas por don Vicenzo Egidio, el herrero del barrio; su abuelo, quien asume ella, es el que ha robado sus sueños, como conmigo lo han hecho esos niños, mis genes. Ese día conversamos sobre diferentes asuntos. Hablamos de forma similar al cura y el feligrés en el confesionario; sin vernos las caras.

— Buen día, espero se encuentre bien, usted y los suyos — dijo.

— Gracias Andreína, igual a usted y su familia — respondí.

No era el único que soñaba y vivía el desasosiego genético; teníamos en común eso. Andreína me confesó eventos de su vida, que la han mantenido en vilo durante mucho tiempo. A pesar de su juventud — treinta y cinco años —, pareciera, que su vida viniera de principios del siglo pasado, los relatos sobre sus ancestros son maravillosos y reales, al punto, que hemos concluido, que Vicenzo Egidio, su abuelo y mi bisabuelo Gaetano luis, son amigos. Algún fin tiene nuestro encuentro, tal vez, ordenar algo de sus vidas, no sé.

La observé con su mirada fijada en los recuerdos. Sacarlos al sol y pasearlos delante de mí, no fue tan sencillo para ella, pero lo hizo. Me vino a la memoria, el inicio de las películas que veía de niño en las vespertinas en el teatro San Rafael de mi pueblo, sentado en las bancas largas de madera; a blanco y negro, que, en su mitad, se trozaban las cintas, luego las empalmaban con pinta uñas. Cada vez el tiraje era más corto. Por eso los niños de la época, luego de salir, preguntábamos: ¿La viste completa?

Sentí el viento de las palabras de Andreína y lo enrarecido del aire, que no me fue ajeno, ya lo había vivido en mi país. Cerró sus ojos e inclinó hacia atrás su cabeza. Meciéndose inició el relato de hechos descritos por su padre Luigi, a su vez confesados a él por su padre Vicenzo Egidio. Andreína inició un relato sobrio y pausado, que impulsado con mi mirada comprensiva; rompió el hielo: << *Mi abuelo, Vicenzo Egidio, nació en Pordenone (Italia) en 1911. Era hijo de Elisabetta y de Luigi, fue el mayor de cuatro hermanos. Su infancia rondaba en una época muy dura..., el ambiente era de guerra, eso implicaba hambre, miedo, y esconderse; era la única solución para seguir con vida. Su padre había hecho un pozo, un pozo de treinta metros, por mucho tiempo estuvo escondido allí.* >>

Andreína enmudeció, quizá sintió haber vivido esta escena, su mirada se elevó, pude ver en sus pupilas lo que describía, igual que en el teatro de mi pueblo. Sugerí hiciera una pausa.

— No, sigamos — respondió.

<<*Él contaba, que había comido hasta las hojas de parra porque escaseaban los alimentos. Mi abuelo crecía, asunto que lo hacía cercano a ser enviado a la guerra. Esto*

obligó a sus padres a que, a sus quince años, fuera enviado rumbo a Argentina. Así sucedió, tras solo firmar un único papel, con la autorización de su padre — papel que aún conservo. Llegó el día, fue embarcado sin visos de retorno; se marchó a lo incierto. Era día y noche mirar el cielo, el sol, las estrellas y la mar, todos los días eran iguales; hasta su llegada a Argentina. Arribó a la provincia de Córdoba, donde tenía algunos familiares. Inició su nueva vida trabajando la tierra, pasó muchas necesidades, su almohada por lo general era una bolsa llena de maíz.>>

— *Andreína*

— *¿Sí?*

— *Tu padre, ¿alguna vez te comentó sobre la nostalgia de tu abuelo?*

No contestó. Se levantó del mecedor con la energía de sus años, caminó a la cocina, abrió la nevera, trajo un refresco para ambos. Quedó de pies, recostada al semipórtico entre la sala y el comedor, con los brazos cruzados. Prosiguió.

<<*Le agobiaba estar lejos de su patria y sus padres. No era fácil, a su edad nada era fácil, ¡pero pese a todo, estaba a salvo de la guerra! Eso lo tranquilizaba; igual a sus padres. Pasaron los años, se trasladó a Buenos Aires, allí junto a unos primos empezó a trabajar en una herrería, al tiempo compró un terreno, construyó esta casa que heredé de mi padre.*>>

Suspendió la narración un instante, caminó hacia la ventana que da a la calle Italia, bajó las persianas con su mano derecha, miró la casa de enfrente y dijo:

<< *Ahí vino a vivir quien luego sería mi abuela, Pierina. Nacida en Pavía de la región de Normandía. Se conocieron e hicieron novios; al poco tiempo contrajeron matrimonio. Todo parecía color de rosa, pero había un problema…, mi abuela no concebía. Un tormento para ellos. Transcurrieron exactamente diez años para lograrlo. El milagro se produjo y llegó a este mundo mi padre Luigi. Todo parecía haber tomado su curso normal; pero no, no fue así. Al poco tiempo, mi abuela Pierina enfermó de cáncer de mama,*

lamentablemente las cosas se pusieron peor, la intervinieron quirúrgicamente, logro vivir unos años más. Nada se pudo hacer, falleció. Mi papá, a sus cinco años, vio cómo su madre dejaba este mundo. Así mi abuelo Vicenzo Egidio enfrentó la vida solo, con su retoño. Luchó furibundo por sacarlo adelante. Los años siguieron, crio a mi padre con el apoyo de su tía. Mi abuelo enfermó de diabetes, su vida se fue apagando; murió en 1985.

Respeté su silencio, ocasionado por el dolor justo de su ser, de sus genes, que confesaban hechos que rasgan el alma; superaban los sentimientos de ella. Me miró con sus ojos inundados de lágrimas, pero con la fuerza sobrenatural de proseguir.

<<*Tres años después, llegué a este mundo; no lo conocí. Desde muy chica buscaba a mi abuelo, no entendía la muerte, no sabía de qué se trataba eso, ¡solo quería verlo! Lo esperaba en el pasillo de mi casa, guardaba la esperanza que volviera de donde estaba. A mis nueve años, fui al cementerio de San*

Martín con mi madre, quise observar dentro de su bóveda qué había. Mi necesidad de verlo era imperiosa. Así fue, llegamos a su morada eterna. Aún recuerdo la imagen de sus huesos, que clavaron su amor en mi pecho. Pasaron los años, sólo tenía sus fotos y sus cartas, donde, en entre líneas, unía a Italia con Argentina, como una sola patria. Hoy, cercano a los cien años de él haber arribado a la Argentina, yo, su nieta, su nipotina, estoy tramitando mi derecho de ciudadanía; buscando papeles, muchos, pero muchos papeles, asunto que aburre. He sido insistente en demostrar su nacionalidad italiana. Lejos, he quedado de subir a un barco o un avión e ingresar a su país, para dar lo mejor de mí. Mi valija está preparada, está llena de sueños por cumplir, volver a la tierra que vio nacer a mi abuelo Vicenzo…, cruzar el océano y vivir lo que él no pudo en su patria, esa es mi osadía, mi ilusión; sé que él está conmigo. Si voy a Italia, él viene dentro de mí, él está en cada una de mis células, en mis genes, en la vida mía.>>

Discretamente, me escabullí de ahí. Ella siguió hablando sola, no era fácil ver su rostro emblandecido por los genes, sus propios niños. Me basta con los míos, del pueblo aquel. Regresé a la nave y en fracciones de segundos, estaba en casa, en la realidad de los sueños por venir. Opté, por esperar la noche y ver qué me deparaba. El relato de Andreina dio fuerzas a lo que pretendía hacer, es cierto, no soy el único en el mundo al que le sucede esto. Entiendo con claridad no humana, que debo seguir adelante, sé que estoy muy cerca de algo increíble y alucinante. Andreína lo sintió igual y creo que está dispuesta a concluir esta gesta conmigo.

Mi discusión en soliloquio contra el espectro

Llegó la noche, el miedo huyó de mi mente, muy probable era la noche anhelada. La tranquilidad me dio un abrazo de confianza. En esta ocasión no fue un sueño, alguien sentado en la cama me miró, era él. Lo confronté sin temor: ¿qué deseas?, ¡oye!, aquí estoy contigo, sí, contigo, déjame ser vidente, ¿serás el que nos inoculó en Maruja Coronell? No te hagas el sordo y ciego, con tu vista infrahumana y oído sin pabellón. Ruego me des aliento, deliro entre lo cuerdo e iluso, mi alma se dispuso al fin a tu cita llegar. Vacilante, el caminante va por la estela de la habitación que no existe, pero persiste en su existir. Lo que no entiendo y me exijo entender, es, que hay un mensaje claro, pero inextensible, entre paciencia centenaria y plegarias que dices tú sin articular palabra, sólo escucho yo, ¿miento? Pregunto a las mañanas de las mañanas, las noches de las noches, los días de los días, los años de los años: ¿alguna promesa he incumplido?, ¿tendría mi mente débil de algún mosto?, ¿algo debo?

Por titubeo e inmadurez, no soy tu lacayo, te lo digo, he actuado esquivo ante tu acecho, sin probidad y trazo atropellado. Escucho tu llanto que viaja sobre hojas al viento. Asumo, quedaste a la deriva sin acabamiento, en medio de un desierto sin rezos, sin aparcería. Rondas como el celador de barrio, con silbato de piñata, que pasa y trasnocha de manera imprudente al que duerme y paga por no dejar dormir; pero protege a los que no sueñan, nuestras pertenencias inertes. Hoy, creo asimilarlo ¿Será que tuviste un triste desenlace sin consumación espiritual?, ¿necesitas ayuda terrenal?, ¿entendiste <<*cuanta tierra necesita el hombre*>>? Razón la de Tolstoi. ¡Quien lo pensaría, inaudito e inédito, un vástago del bastardo que en otrora despreciarían!, ¿te ayudaría a descansar por la eternidad? No obstante, comprendo, que por la época era así, natural y basural eran sinónimo. De ahí provengo yo; ese es mi génesis que no aborrezco.

El sepelio del espectro

No hay sudario en aromas, no hay temario, esto es voluntario. Otra es mi intención, no pretendo tus baratijas, que, aunque hermoso brillan en la imaginación, quedaron en algún pulguero, de quien vivió poco siendo longevo; esperando el derroche que soñó en lo postrero. ¿Dónde están los lisonjeros?, ¿los del cabecero en tu día final? —. ¿No cargaron el peso del mortecino?, ¿que querían?, ¿será que, no entenderían? Muy seguro, se levantaron y corrieron apresurados a la notaría, ganaron la heredad legal. Presumo, que cargaron con fortaleza y esmero, cuando pereciste, fue la caja mortuoria de tablas de roble pulido y hermoso acabado. Cierro mis ojos y observo, cómo tus restos encajonados se dirigen al camposanto, al vaivén de los pasos lentos de hombres con paño blanco y sombrero y mujeres de velo negro ¿Quiénes eran?, ¡vaya a saber!

<< ¡Ahí va!>>, decían los del pueblo, apostados de lado y lado en esa calle polvorienta, rumbo a la vecina iglesia de los tres pórticos, que, luego de bajar los once escalones, caminaron poco menos de 411 pasos hasta el panteón <<Monte de Los Olivos>>. El que visité hoy 29 de mayo del 2023, siendo aún el primero de diciembre del 2022; esto es fácil de entender, para quienes conocen la teoría de Evodio. Ese día, cuando aterricé en la nave, la misma del viaje a Argentina, como prueba de esta realidad te afirmo: las paredes son a media altura y las tumbas, muchas de ellas enrejadas. No pude entrar, por lo de la barrera del tiempo. Queda de testigo, creo, el cuidador del sitio, quien sintió mi llegada. Él, que miraba la sensación de mi presencia, tenía una gorra y camisa manga larga sucia por su trabajo; estaba apostado al interior del campo santo, que linda con

la carrera 14 de ese pueblo. Había un montículo de barro recostado a la pared, que está debajo de un árbol. El personaje me siguió con la mirada temblorosa, caminé muy cerca del muro, fácil avistaba qué existía en el interior. Vi cinco olivos, hermosos y frondosos, que refrescaban los huesos y cenizas de algunos privilegiados; deduzco, de ahí, el nombre del cementerio. Me ubiqué enfrente de ti, entrada, semejante a una pequeña casa vacía, de color blanco, techo de láminas de asbesto-cemento y rejas con forma de semicircunferencia, abiertas de par en par. Antenor —por no dejarlo nomen nescio —, se adentró entre las tumbas y desapareció; llevaba en su mano izquierda un cavador, a lo mejor, para excavar el hueco de algún finado o finada, próximo a cumplir seis meses de su partida.

¡Ahí va!, murmuraban del que los pelos en sus orejas y nariz solían aflorar excesivamente. Calco la imagen del pueblo: las nueve noches en honor a ti, con el tinto negro o un calentillo; quizá un pedazo de pan. Al final, la despedida definitiva y levantamiento de la mesa del ritual provinciano.

Hoy, sin estimar la hora, percibo que mi tiempo no existe. Mi tiempo, que ahora llora y retumba en espacios infinitos de frío intenso, sufre por su relatividad cíclica. Hallo que no hay putrefacción, no hay destilación, no hay incienso, no hay cuerpo que velar, por eso te vine a escuchar, ¿vivo estarás?

Mi riña continúa con el desposeido

El pensamiento que avasallo, mi conciencia lo retuerce; me confundes si eres mi bisnonno. Es tan fuerte la familiaridad de tu presencia, que creo que eres tú. Sin embargo, soy prudente y espero. Con paciencia recibo el amanecer. Con todo, nada sucedió esa noche, mis ojeras al gratín quedaron expuestas. ¡Al carajo la paciencia! ¡He aquí tu pronipote!, ¡sal de la cueva espectral, confróntame!, ¡deja ya la cobardía! Porque quiero y me seduce, llevo sin consulta la alforja del extraño quejoso que se desluce. Es que deseo escuchar tu voz sin vos, como el cuero del tambor que se toca esperando un son. Periplos al azar con vientos huraños, es arriesgado aventurar, prefiero sopesar antes de juzgar ¿Mi esmero quien lo ha de cobrar a gratuidad o engaño?

Trasgo ancestral insulso, ¡entérate!, ya no hay oro acuñado, tu historia, la que conozco por boca de otros, ha trillado mi ser. Todo esto es un insulto, ¿por qué me evades? No te luciría lo iracundo o reclamo alguno. En desventaja te encuentras; tu jornal de hacendado ya no afecta. Hoy no tienes con qué pagar, ¿a quién vas a ilusionar?, ¿a mí?, ¿con qué, dime? ¿Tus más de cincuenta mil hectáreas y ganado cimarrón?, deja ya las afrentas; ya nada es del inventario carnal. Tengo conocimiento de historias sin pruebas, sobre las candongas que obsequiabas a doncellas embelesadas, que, en compañía de otro, tu amigo difunto, el que sobó la tapa de tu féretro; regaron en la tierra con sutil complicidad. Pues, por ahí escuché, que, por no confundir a las doncellas lozanas, enamoradas en cortejos a mansalva, las candongas de oro ofrecían; las de tu amigo entorchadas, las tuyas lisas resplandecían. Así empezó la enredadera de las proles, que hoy vagan vacías, pero llenas de ansias, por liberar de la cárcel de la conciencia, a los genes que los malcrían.

No sé si la intención de mi airada exigencia, está basada en la verdad; pero mi pulso tiembla y lloro, cada vez que escribo. Es un sentimiento que me corroe y exalta de manera involuntaria; por eso, trataré de hallar credibilidad, sobre la realidad que voy a esculcar en ti; aunque hay verdades que no necesitan impronta escrita, ni testigos presenciales. No soy yo el que se lamenta, son ellos mis genes, que vienen de ti. Los niños aquellos, que tocan mi alma sin permiso y exacerban mis glándulas lacrimales, de donde erupcionan como lava ardiente mis lágrimas, a las que no encuentro razón.

De una u otra forma, me dijo ella, la de las trenzas cobrizas, que expusiste los trofeos obtenidos de carnales deseos, quedando esparcidos por senderos olvidados en poblaciones del Magdalena. ¡Ah cuéntame!, sobre los retoños inocentes tuyos, productos del coito con las vírgenes, que por beneplácito asieran enamoradas, muy a pesar de tu semental miseria, la persistente ignominia de los legítimos. Las valientes, decidieron conservar tu apellido para sus hijos — ¡Bárbaro amor el de las hermosas!

La ausencia de sosiego intangible, de sentimientos encontrados, intranquilidad e impotencia de la cual no hallo fuente u origen. Se me agota la paciencia, no despego, siento mis dedos almidonados. Pero ahí estás, con tus deseos ocultos, te asomas tembloroso. ¿Qué pasa?, ¿mi sangre ha estallado? ¿A dónde voy? Todo es un despiece, una estupidez evidente, ¿acabará cuando empiece?

Con la mente en blanco, sin preludio no hay canto, burlas al morrocoy. Mi mano está vacilante, ¿me vas a desperezar?, ¿ese día es hoy?, muéstrame tu espectro estuario de mi vida. Palabras inestables del proscrito, sin olor, sin encanto, estás en un camposanto, sin exactas coordenadas de tu tumba. Ni por chismorreo puedo ver de lejos, donde están tus huesos. Andreína sí pudo ubicar a los de su nonno ¿Por qué yo no?, ella sabe de los suyos, ¿que algo tienen que ver con esto?, que no entiendo. Siento que juegan conmigo los que saben de ti o conocen sobre tu historia. Primero se alegran, después refieren anécdotas, dicen tener pruebas; finalmente se los traga la tierra. ¿Sabes?, alguien aún vivo, que habita en la casa donde murió tu hija Juanita; de primera voz me dijo: <<*Gaetano Luis está enterrado en Monte de los Olivos*>>.

En medio del silencio, mis poros se hincaron sin freno, cuando escuché su voz en medio del mutismo de mi mente. Aquí empezó el fin de tantos años de dudas, comenzaba el camino hacia la verdad. Inocua es mi fortuna, aunque sean falacias para los demás y así afirmarán. Era crucial cerrar un ciclo, por misericordia al arrepentido sin vida, para darle tranquilidad y descanso si esa es su necesidad, pues así me habló en este día:

— Cierto es, soy tu bisnonno, Gaetano Luis. ¿Para qué restos? Osamentas mudas, ¿si los hallas qué? ¿Te hablarán? ¿Dirán la verdad sobre mi existir, o mi dolor? Si me hallas entre los olivos, ¿qué?

— Bisnonno, ¿por qué gritas? Escribir sobre plegadiza, me ha dado una paliza, la tinta es resbaladiza, solo leo con las yemas de los dedos, cual ciego, tanteo el repujado que queda de mi trazo afirmado. Hablemos apá Gaetano, no frunzas el ceño, dime de una vez, ¿por qué estorbas mi tranquilidad?, ¿sabías que el mangle te quedó pequeño, como buen reproductor?, sí, eso fuiste, un mangle que lanzó desde su egolatría seminal a Gaetano Segundo, el padre de mi progenitor.

Hablemos, ¿dónde estás? No rescindas lo escrito por las aguas bautismales en Salamina, ya no es subterfugio, la ausencia no exime y esconde tu actuar, ¿es mea culpa? Cerremos este asunto mordaz de una buena vez.

— Tan audaz eres, que usaste a las piedras hablantinas, para sembrar en mi pensamiento el refresco de tu recelo. Me crees tonto, recuerdas como propiciador, cuando fui a una venta de queso en Vista del Mar, de la Villa de San Nicolás, que al detallarme el quesero <<Pile>> se atrevió preguntar:

— ¿Cómo te llamas?, ¿de dónde eres?

— Soy apellido Mucca

— ¿Mucca?

— ¿No serás bisnieto de Gaetano Luis Mucca, del Bálsamo de Las Arenas?

— Tal vez. Dicen, que era mi bisabuelo, dicen que, era italiano, dicen que, hizo asiento a su vida en Bálsamo de Las Arenas; prosperó e hizo su heredad.

— Bisnonno, ¿crees soy mentecato? ¿Fue casualidad?, que, el de la venta de queso, en forma jocosa, me contara una anécdota de tu diario vivir, al recitar del juglar: <<… *fue velludo, cejudo… estaba en una parranda y Justo Parra* — no estaba seguro del nombre del rapsoda —. *Le dijo a tu abuelo, no sé, < Nunca he visto Mucca macho, con pelos en la nariz, como he visto en don Gaetano Luis, que es Mucca y no tiene cacho>*…>>

—No es fácil hablar al viento, al aire hablar, solo, a escondidas. Iniciemos esta dialéctica entre dos actores de distintos tiempos, hay premura, tú descansas, yo descanso, solución trivial. Hago lo mío, tú lo tuyo, relator obligado serás; yo, el oidor a voluntad, no daré crédito notarial. No tengo sellos a fiel copia, no soy guarda de la fe privada, prevarico por tu deseo, esto no es una plica, por tanto, como prueba ante la oficina del trámite engorroso o un estrado judicial, de tu nación, imposible, no aplica. Tus huesos son ciudadanos italianos, mis carnes no.

Hablamos mi bisabuelo y yo

Pronipote mío, luz de mi esperanza generacional, quiero reposar, basta de ajusticiar mi inexistencia, te lo ruego hijo. Sí, es cierto, soy tu bisnonno, lo ratifico, eres mi descanso, mi continuidad y consuelo, eso me lleva estribar mi destino en ti, soy atemporal.

— Bisnonno, hoy, es una noche extraña del siglo XXI, de una mañana de principios o mediados del siglo XX. Tanto perseguirte, por tu asedio, en medio de obstáculos del tiempo, entre páginas de libros eclesiásticos vetustos, donde las pisadas espermáticas dejaste sin rastro. Pero, cada fruto tiene su nombre y cognombre, no por ti, sino por ellas las hermosas, por mil razones enquistadas en sus pieles y sentimientos. Aquí estoy, en el momento que no es mi tiempo, pero soy yo, escuchando a quien no conocí, pero sé me conoce, pues no me deja conciliar el sueño. Buscando huellas táctiles, recorrí algunas veces el muelle que quiso ser Núñez, quizá Cisneros, pero Puerto Colombia al fin. En ese lugar, retornan las brisas frescas y salerosas. A sotavento del viento que siento, miro esculpido el dieciocho ochenta y ocho del siglo XIX, que más parece una lápida del que ya murió y quiere revivir. Cuatro mil pies recorridos, de mis latinos mil doscientos metros de a pie, mirando el concreto carcomido y varillas oxidadas, que afloran como zombis, queriendo decirme algo. Las palpé y llevé su olor a óxido salado a mis narines. Como sabueso real, luego de oler la viruta terracota, miré al horizonte y mágicamente los vi; eran ellos los barcos que traían a los inmigrantes de ojos evaporados y sin tez. Luego, escuché un ruido como el del mercado de granos de la Villa de San Nicolás de mi niñez. Era una turba de fantasmas, parecían hormigas ensombreradas y finas. Estos venían de tierra firme, alegres y felices. Nuevamente, observé hacia la mar, vi arribar entonces uno de ellos, bajaron el puente de embarque de pasajeros, el caos reinó. La imagen de aquella embarcación se esfumó. Seguía escuchando la gente, atropellándose desesperada. Aún oía su movimiento, tropezaban, huían, no sé de qué. Entendí luego, que son las mismas brisas, lo sé, ellas son; volvieron recicladas, remasterizadas con mejor sonido, chismosas, confabuladas con el que me habla en silencio. En medio de la desesperante canícula, observé borrosas imágenes que emergían del concreto y serpenteaban entre mis sienes. Vi levantar el humo negro de tres fumarolas, de pipas cilíndricas de acero, adornadas con el hollín perfecto del carbón que crepita, parecidas a cigarros de Toscano ya fumados. En el alma de la nave recostada al muelle, amarrada y doblegada por las lágrimas pegadas en su casco, escuché el llanto rasgado de lamentos y gritos de las madres y abuelas, las que se quedaron en los muelles de tu patria Italia, viendo perderse en el horizonte para siempre, a sus eternos pequeños amores concebidos en sus vientres. La alucinación me llevó a los camarotes, donde se veían los genes, que gritaban su quebranto entre los recovecos agobiados y aventados con fuerza brutal. Tanto, que entraron en los poros de las pieles de la testa de sus hijos, atravesando sus cráneos, descansando en sus cerebros, que, a sus muertes, pasaron a sus descendientes. No por cuento contado, sino por genes desolados. Se trasladaron renovados a nuevos cuerpos, de nueve en nueve meses, en tres generaciones hasta ahora. En mi caso, cuento mi gestación en poco más de seis.

Lo triste y melancólico, es que somos un collar de millares de nipotes y pronipotes unidos por el mismo hilo del desasosiego de los ancestros, en todo Sudamérica. Sé, no soy el único, ahí está Andreína, gran misterio que debo descifrar. Esto no es de heredad, es de tranquilidad y descanso eterno, exigido por las lágrimas portuarias más saladas que el mismo mar; que dieron vida a la muerte. ¿Cuánto hemos sufrido, por hechos vividos por ellos, los genes; no solucionados?, ciclos no terminados. Como a mí, fruto de la tercera cópula generacional, de amoríos escondidos, aprobados oficialmente ante el altar de la grisácea iglesia Nuestra Señora de Chiquinquirá, en la calle Murillo de la Villa de San Nicolás, allí se casaron mis padres Gaetano Luis y María. Gaetano Luis, tu nipote, hijo de Gaetano Segundo, tu fliglio.

Me cuesta leer el nombre en la proa del fantasmal barco atracado, ahora, en algún muelle; por la niebla miserable de tu intención subterfugia de ocultarte. Menos lo encuentro en las hojas de imprenta de tantos libros manoseados por mí, de un archivo histórico. Pobre de mi amigo Elkin el archivista porteño de quien vivo agradecido; fuiste más sagaz que él y desistió.

Lo intento una y otra vez, pero, una sombra obstruye mi visión ¿Eres tú bisnonno, por qué lo impides signore? ¿Qué temes, que ocultas? ¿Dónde estás bisnonno? ¿Por qué percibo el olor del lienzo, mezclado con el ungüento de Altea rancio, regado en la dermis marchita del aire pesado y enrarecido del que creo, es tu lecho de moribundo jadeante? ¿Te faltó tiempo, cierto?, nunca pensaste en el final y ahora pereces, mendigo intemporal ¿Juegas conmigo? Suerte la tuya, casanova del molto placere, me incitas y necesitas. Quieres regresar a tu hermosa tierra; pero, no sabes si estás viviente o ausente. Si eres un alma furtiva que purga en medio de gente etérea, hoy nadie te reconoce. Me siento airado, colérico, torvo e impotente, te mueves fugazmente, tanto, que he dado vueltas en mi cama y ya salió el alba.

Bufón de medianoche, arlequín de cortes plagiadas, antes te pesabas como oro en bruto, suponías tú; para mí no mueves la romana. Por eso, hay que hacer un trato, si no, me levanto de la somnolencia de las más de tres décadas cargadas de afugias por ti. Saldré del delirio y eso no te conviene, abusas hombrecillo de cejas pobladas, orejas y nariz curva, peludas. Suelta la bolsa de cuero que cruza tu pecho, en sueños la vi y la veo ahora con mis ojos abiertos. Ahora, ¿será que no cerraste tus ojos en paz? — tanta prole que esparciste — ¿soy el escogido? — no me mires así, está clareando y podría ver tu rostro. Tienes que narrarme todo, quiero un relato no amañado; cierto y justo. Deseo una declaración con detalles, son tantas hojas, no forrajes de vida y dolor que debo transcribir; dolores tuyos, no míos, ahora míos sin fragor. ¿Por qué siento este deseo que recorre el torrente interno de mi ser?, me refiero al agua dulce y salada que se juntan en mi alma, como <<Las Bocas de Ceniza>> de mi Villa querida, que a pesar de la aflicción sin génesis propia que padezco, quiero darte mi mano y ayudarte, como si me ayudase a mí mismo. Pareciera que tu prole poco quiere de ti, la mía no sé. Gracias a unas cuantas líneas de tus historias, que cuento porque sí; resultado de la falacia que eleva el pensamiento, al nivel de la verdad del heraldo provincial, que se distorsiona con el tiempo; de esquina en esquina. Sin embargo, te exalto, para que seas feliz, dejando de lado la honrilla y usando mi tamiz te levanto la cerviz. No soy de hablillas.

¿Conoces a mi pequeña hija, tu tataranieta? La inocente el murmullo escuchó cualquier día, sobre las estoicas conversaciones frustradas, con tus nipotes, que se alardeaban de conjeturas y teorías vacías, diría yo. Pienso que eran mutantes de la logorrea cocida y envuelta en bijao, quizá de otros niños llenos de egos. En síntesis, un pastel de historias casi incomible por el ácido de los años causados. ¿Sabes qué pregunta mi chiquita? ¿papá soy italiana? si lo eres mi pequeña. ¡Que tristeza! Ilusa e insulsa contestación de cajón, insensata y sin sustento, pero cierta hasta la mentira que es veraz entre poca gente inocente. Mi entendimiento sofoco. Una razón más para esta tertulia inocua, entre dos; nadie más.

Imán de neodimio ancestral, atrajiste mi alma que permanecía en calma, pues en el fondo olfateo un sabor de buen comensal, pero no es tal. Así constato en el sitio del murmullo de los nipotes. Después del celofán de los rayos finales de la tarde, observo un vidriero sin rostro, de manos conocidas, armando un hermoso vitral de parques, fuentes y caminos. Sí, claro, allá en la bota itálica están obligándome a vagar por una calle que lleva hacia una bajada cerca del mar, a reclamar algo que no sé qué es; tú sí lo sabes bisnonno. Es un camino empedrado que sigo, me lleva a un mismo punto, donde me recuesto sobre piedras finas, aún latinas, lo sé, aún está grabado en el suelo, ¡soy América! Seguido, escucho un acto sonoro de sinfonía, pero de notas que ignoro. No es profano, suena a buen tono, hasta gregoriano. Sólo entiendo cuando imploro, no es de fulanos. Lo ansías y no es de profecías, repetitivo e inconsciente, es del presente de un momento anterior; de alguien que echa leña al fogón y hace bullir mi mente ulterior, que revienta por su calor.

— Pronipote, ¡basta de habladurías, escribe!

¿Qué me dices? ¡Escribe!, ¿crees es así de nimio?, ¿no exiges lo inmerecido? ¿Bisnonno, no tienes sensatez ni piedad? Ah, cuánto extrañas las trece torres de San Gimignano, la fantástica, medieval y de calles pequeñas, de La Toscana el corazón, corona de la colina encantadora que adoras de otrora, ¿te hace perder la razón? ¡Explícame! ¿Tienes que ver algo con esto?, ¿por qué hablo así, de tierras que no he pisado jamás?, claro, es fácil decir: Son mis genes en ti.

— Pues seguiré con este aluvión de sentimientos, si no, muero en el acto por ti. ¡Riomaggiore!, la suave poesía del Cinque Terre, esmeralda líquida, son sus pies. ¿Escuchas la alegría de sus dos mil almas pescadoras? ¿Susurras mi deseo? Si claro, obvio, anhelas pasear sobre su malecón de piedras coloridas, pintadas con el pincel abstracto de unos artistas, creo, son tus amigos, ve cogiendo el hilo, ¿son vagos? ¿Qué me dices de Varenna?, ¡Oh, Varenna, mi tierna Varenna!, la encantadora, la preciosa de Lombardía, la de cuentos de hadas, esculpida como sus artesanías por el alfarero que emergió de las aguas del lago Como. Me asomo desde la villa Monastero y contemplo embelesado a San Giovanni, que guarda debajo un viejo templo romano, ¿esto que he dicho que es?, es una revelación propia y no se expropia; me llena de emoción, esto no es de ocasión, es tu descanso y salvación.

— Pronipote escribe, deja el acto pueril, nadie te persigue y pervierte.

— ¿Qué escribo?, no tengo como seguir ¿De ti, de tus padres, mis tatarabuelos, mis trasbisabuelos, ¿sobre quiénes? Los veo a todos en medio de un cuadro triste, sombras que no existen, con las entrañas revueltas, con la respiración cortada, borbotones de lágrimas rodando por sus tibias arrugas, cabizbajos, con las rodillas adoloridas por el impacto contra el concreto del muelle aquel, sumisos ante el dolor. Esto quedó grabado en un reloj atascado. ¿Sabes?, renunciaron a ti y a tus hermanos, se resignaron en dejarlos ir hacia el mar sin retorno. ¿Eso es mi culpa? ¿Es mi dolor?

Sé justo, te lo ruego. Mis lágrimas son heredadas, pues, siento el mismo resquemor. ¿Dónde dejaste nuestra identidad? ¿La que tus padres, mis ancestros, no te negaron y dieron con amor? ¿Al garete?, ¿no sabías acaso, que el deseo de regresar se fija en los descendientes?, fluye por mis venas y de otros más, como Andreína, la nieta de don Vicenzo Egidio y Pierina. Me agobia y tortura, saber que soy de un lugar que desconozco, pero conozco en mi angustia existencial, porque me han contado los de allá, por un medio que no presupuestaste que existiese algún día.

¡Háblame por favor! egoísta del tiempo, del rastro perdido; desempolva los papeles firmados por el presbítero, los padrinos y quién sabe, del que estaba en frente de la dueña de la matriz que hiciste parir, víctima de la sonrisa y el acento del mío amore. Antes, me desvelabas; ahora es mi turno desvelarte —. ¿Con qué derecho quieres resucitar en medio de tus fragmentos genéticos? He preguntado a varios de ellos, lo mismo hacen conmigo. Paternidad generacional irresponsable. Obligado estas a resarcir el daño, a recomponer las piezas en que se convirtió el plato de tu heredad, hecha triza contra el suelo Caribe. Suelo donde te saciaste de las viandas inmaculadas de Maruja Coronell, la mamma de Gaetano Segundo y Gaetano Gabriel, de los que sé, nacieron de su sacro vientre. De Gaetano Gabriel ignoro el paradero de sus osamentas. Igual sucedió con Carmencita, matriz que dio vida a Eudilio, nacido Mucca. Maritza, la de Kalamarí, la madre de Ana de Dios; y, otras cuantas más, no sé. ¿Pensaste que eran platos de Peltre?, lo digo porque tengo fieles documentos que dan fe a la mano. ¡Vamos, si deseas!, levantemos a los testigos impolutos de la iglesia de Dulcemina, los padrinos de mi nonno Gaetano Segundo; José Triano y María Cinta o los de Ana en Kalamarí; Azael y Brunilda. Si no es suficiente para ti, toquemos a la puerta del mausoleo santo de los infrascritos curas del libro que hallé — siguiendo huellas microfílmicas mormónicas. Párrocos, Clodeo Cortina, de la parroquia de Kalamarí y Esteban Prada, de la parroquia de Dulcemina. Quienes derramaron el agua bautismal sobre las frentes de los inocentes vástagos de tus amores furtivos, con sus santas madres. Errantes somos del apellido que recorrió lugares con pasos sobre el aire poluto. Aquí allá, por ese pueblo, qué locura ¿Dónde estás?, aterriza, ya no existes. Deja de moverte e inquietar o habla de una vez para llevarte a tu destino final, al fin y al cabo, en tu lecho de muerte, no lo pudiste expresar. Todavía puedes tu heredad perdida, recuperar. Voy a cumplir tu deseo escondido en la lápida, por el último suspiro; del día que exhalaste el espíritu.

— Pronipote, ¿cómo lo harás? ¿Qué quieres de mí a cambio?

— ¿Cómo lo voy a hacer?, ¿cómo viajarás? ¿Comercias hasta con los tuyos? ¿Ya quieres negociar? ¡Despierta!, estás dormido; lentamente, hazlo, lentamente. ¿De lado a lado qué observas?,

¿nada cierto? ¿Cómo vas a ver, si no puedes mirar, fatuo de las doncellas? Pero juguemos a lo tuyo, negociemos tu viaje, no a tu manera, a la mía. En lo íntimo de mi ser entiendo tu pesar, que es mi pesar, porque vive en mí. Ya el preámbulo escritural terminó, no me canso de escribir. Dime, ¿dónde se encuentran las caletas de los antecedentes de nuestras vidas?

— ¿Por qué callas? La injusticia generacional terminó, ya no eres aquel galán; descansa como los demás. Tiempos de tiempos han pasado, ¿no te has percatado? Acosador de mis sueños, de mi acostar y levantar, peor que los gallos en las madrugadas y las guacharacas apostadas en las cercas de las casas de mi pueblo natal, Olop Oveun. Ya no hay trenzas de ajos en la cocina. Me entero de otros genes perdidos, de similar postura. ¿Por qué al quince por ciento de tu sangre? ¿Por qué no al veinticinco? Bisnonno, no nos dejaste pasaporte ni impronta verídica, nada de nada, deambulando quedamos, leyendo tus rastros, migajas, no de pan; de tu orgullo.

No me distraigas, no me extasíes con la bahía romántica de San Fructuoso de Luguria, ¿esa es tu lujuria?, ¿es cinismo? ¡Ah!, pero ves el presente, timador de habla fantástica y locuaz, ¿Por qué no te arriesgas por tus añoranzas?, toma el tren de los aires, de los vientos tormentosos y regresas de una vez. Surca los mares Atlántico, Adriático, Jónico y Tirreno. Así contemplarás de nuevo las Dolomitas, de Trentino Alto Adige, con sus faldas blancas y coquetas. Créeme, no te entiendo. Un pentagrama de valles de canciones se despliega, a lo largo de la desesperanza del fondo de la ventana que abres de par en par, buscando el oxígeno imposible de respirar. ¿Mario Panzieri? ¡Su música!, ¿cómo la escuchas? Pero es de mujer, la voz, ¿quién canta dime?, ¿Maruja, mía bisnonna, o tua Gigliola Cinquetti en San Remo? Los 60´s no son tuyos. ¿Qué relación hay entre Costamía y Verona? ¿Sí amaste a la hija de esa tierra, la bajita, pecosa, cabello cobrizo, una de las hermosas? Mi bisnonna, ¿era cantante?, o, ¿sólo te cantaba a ti?

— ¡Pronipote mío!, mi vida corre por tus venas, llegaste con el sufrimiento de tu madre y la angustia de tu padre. Hay narraciones genéticas inexplicables, que hacen temblar de miedo a cualquier ser viviente en presentes inocuos; porque mueren sin haber existido ya. Mi vida se quedó en tus genes, mi historia, mi todo, conoces lo que ves y oyes porque soy yo en ti, por eso sueñas con volar hacia la bota donde nací. Te inquietaba en tu interior, pedazos de mi alma furtiva, eres. Pero, ¿cómo llegar a ti? ¿Cómo decírtelo sin que no creyeses que la vesania mía no era tuya? Pero ya has madurado y entenderás la epifanía de mi historia. Llegó el momento. Il mio sangue, realizzare ciò che è mio e portarmi dove voglio riposare. Te exaltas por la ansiedad, mira mis lágrimas sonar en el fondo del foso de los olvidados; suspendido del hilo de mi dolor, estoy. En mi nube de presagios del siglo que no fue siglo, solo fueron años que limaron las aristas de los retumbos de mi actuar.

¡Ay, la mamma mía!, la linda, que en el horizonte su rostro se desdibujó para perderse para siempre, en el óleo que dibujé desde lo abstracto de mi pensamiento, que describes y escribes perfectamente con tu escritura extraña, sin tinta ni papel. Mueve tus dedos sin temor, que no es imaginación, es certeza de lo que no sabes y torpeza de lo que intento y te dicto desde mi aposento, de mi catre como bien dices. Con mechón de flamas amarillas, espero con aguante cada segundo que han sido millones, si los cuentas desde el lapso en que respiras. Por mi presente estoy viviente, igual como aseguras que lo estás en tu tiempo. Si vienes a donde me encuentro, experimentarás lo extraño que se siente, tal como yo me siento cuando llego a tu tiempo. Me maravillo y no es ardid, porque es momentáneo todo lo que observo en tus instantes de vida. Me haría un adalid en el mío; pero, al voltear mi rostro y al volver a mi sitio, no existe tal conocimiento. ¿Quieres descubrir que me ha hecho resurgir? Sudoroso y asustado me levanté muchas veces. Como loco corría por toda la extensión de mi estancia, buscando en el aire el chasquido de hojas bravías que oía. Unos grandes ojos me miraban, la sombra que me perseguía como espectro me apabullaba. Te escucho y estás molesto, sin causa eres un tormento, que culpa si te frustras. Cada quien vive lo suyo, cada uno en su burbuja de eventos. Reciprocidad de culpas mejor diría. Sí, fui primero, existes como veo y percibo, retoño del hijo de uno de mis hijos, Gaetano Segundo. Entonces, ¿hay un misterio entre el futuro y el pasado, que juntos podamos resolver?, coincidimos en un tiempo inexplicable, difícil de entender. Dime, ¿cuál es el verdadero presente? ¿El tuyo o el mío? ¿Si ambos respiramos y sentimos a la vez? Al final pronipote mío, ahora que estamos en tal situación, sin razón descrita, quiere decir nadie muere, estamos vivos siempre, solo que, en tiempos diferentes. Entramos y salimos, a capricho de quien necea lo que es misterio y luego no asimila el escenario. Desaparecemos en lo sombrío y triste para el que ve la partida, pero el que va y viene en recuerdos, fotografías que sé, solo es un abrir y cerrar de ojos, algo instantáneo, menos duradero que el sueño de ocho horas, que es muy extenso si comparamos lo eterno con lo palpable. Los huesos y músculos, son solo vestigio de un empaque complejo y maravilloso, que existió, existe o existirá. Los recuerdos son nuestros genes que deambulan en un torrente sanguíneo, de manera ordenada y a veces loca, que estimula los sentimientos, la risa o al llanto, que desboca. Pero, cada quien en su tiempo es feliz, deja de existir, pero vuelve a existir dentro del persistir de alguien que es futuro o es pasado, que anhela su incienso olfatear. Las hojas de papel vetustas que ves, escritas por ti, son frescas y blanquecinas en tu existir, el tiempo juega con la lignina como el colágeno es a la piel. Se escriben con paciencia ávida, se siguen escribiendo al mismo tiempo y en pretérito pluscuamperfecto, también.

¿Sabes pronipote mío, cuántos granos de arena llenarían el universo? Arquímedes tuvo la osadía de estimarlo, quizá en un trance hiperbólico mental, se me ocurre. Quiero develarte el secreto: donde habito, existen muchas islas, es un archipiélago de naciones que han emergido en dos o más centurias de olvido. Llegamos dc a cientos de miles, con pantalones de lino, paño, añiles, otros de driles; todos, con alforjas de colores y banderas raídas; sin astas bendecidas. La nuestra es Genéttano, la isla de los genes perdidos, así la bautizamos y describimos los fundadores: Genéttano, es una isla formada por millones de granos de arena, despegados de las suelas de los zapatos rebeldes; renuentes a la partida de sus dueños. Recogidos en los puertos de embarque de aquella Italia inolvidable y eterna, de mares azules y verdes destilados. Emergió de las aguas saladas, de las fuentes de sudores y lacrimales, de seres errantes. Sus bosques de árboles endémicos espirituales, germinados de semillas salidas de las entrañas de sus hijos extraviados en el horizonte del mar. Ángeles recogían los granos de arena que volaban antes de caer al mar. Las llevaban por cientos de miles de millones a este nuevo lugar. Parecían candiles de sueños perdidos y llantos desolados. ¡Ay!, qué lamento tan sublime el de las matrices heridas, por los devenires intangibles de la vida, de la vida imperfecta. Pero había cantos indecibles, de decibeles de encanto, que fueron aliñando el nuevo atardecer de seres que, después de cumplido el ciclo terrenal, miran con esperanza a los países de ultramar donde reposamos. Añoramos que se nos haga el milagro del regreso; a través de genes incrustados en vidas nuevas. Por esas que friegan día a día, presionadas por nosotros que vivimos en sus genes. Luchan como méndigos, acopiando volúmenes de papeles absurdos, exigidos por nostra patria. Gritamos frenéticamente, cuales náufragos a través de los sueños de nuestros nipotes y pronipotes; pero los confundimos en nuestro querer desordenado y nostálgico. Tal confusión, los induce a encender velas a nuestras memorias en la fiesta de Ognissanti.

¡Oh!, la mía madre patria, porque eres amnésica y despiadada, sometiendo a los hijos, de los hijos de tus hijos, que mutaron solo su rostro ¡No entiendes que somos nosotros!, tus hijos, vomitados por la peste, el hambre y las guerras, hijos que nunca supieron por qué se peleaban y contagiaban en el mundo. Mira, ven a Genéttano. Ven, te invito funcionario novato, que da el sí o no. ¡Vive lo que no conociste y sufriste! ¡Ven madre patria!, ¿por qué nos tratas así?, a tus retoños hechos cenizas y su descendencia, que también son tus hijos, ellos te aman sin conocerte. Las fronteras mataron tu amor, las fronteras y las distancias las usaste como acepción a nuestros retoños. A ellos no los parió la tierra donde quedaron nuestros huesos y cenizas repartidos.

El alma visible de mi bisnonno Gaetano Luis, cayó de rodillas, su cabeza inclinada levantó con gallardía. Respiraba jadeante y lleno de inspiración. Italia lo escuchaba como a cuál tribuno romano; jacto de osadía. Miró la conciencia de Italia y preguntó con tono ascendente: ¿Por qué no sigues el ejemplo de misericordia de los que nos recibieron en épocas hostiles y de muerte, con los brazos abiertos, sin trabas? ¿Por qué tenemos que inquietar la existencia de los hijos de nuestros hijos y sumirlos a indolencias supra humanas? Tú, patria mía, ¿no los has visto llorar? ¿En su cubículo de la angustia? Yo, sí. Ahí está mi pronipote. Pobre, no tenía mera idea porqué sufría, pero déjame decirte, patria mía, no es él, ¡soy yo!, ¡soy yo!, el que llora, el que gime. Peor aún, son cientos de miles de paisanos míos, vástagos tuyos, esperando en el puerto de la esperanza, firmar el manifiesto de regreso. ¡Voltea tu rostro hacia mí y hacia ellos, no nos ignores! Todos, todos, los abandonados, anhelamos ver, por fin, que arribe el barco fantasma que nos sacó para siempre de la Italia de nuestros amores. Hoy, desde la morada que en el limbo existe, sucede igual que aquellos días de la diáspora; pero a la inversa. Los muelles de sueños perdidos, están repletos de nuestros descendientes, que somos nosotros, tus hijos; queriendo regresar de una u otra manera.

Confusión de lo real a lo fantástico

El espíritu de Italia, lloroso, sin respuestas, dio la vuelta, se fue llevando entre sus manos de tierra y mar, los lamentos de sus hijos de Genéttano, a los atrios del parlamento y las iglesias.

Miré desde lejos, como un espejismo, las costas de la isla, atiborradas de almas clamorosas, arrodilladas ante algo parecido a las espectaculares auroras australes. Nos alejamos de la escena, luego de pasar por un tiempo diferente, al mismo sitio inicial.

— Pronipote, todo esto es confuso, por eso ya ni azuzo tu existencia con tanto penar. Porque de tanto cruzar señalamientos, creo que en esto hay algo más, hay que ver cuál es el origen de la cortina que cubre al cuento real, de lo que a ambos nos ha hecho contrariar. Empecemos por lo particular, la bolsa de cuero que en mi pecho se adormece, cosida con tan fuerte finura, es obra de galantería que sólo alguien de mi tierra, con sus manos armaría. Conviene decirte qué significa y qué lleva dentro: Por labores del cuido del ganado, la familia Mucca lleva consigo una bolsa de cuero que adorna el cuello o el cinturón de amarre. Desde el nacimiento, comienza la recolección de lo que a su vida ha dado emoción. En mi caso, mía mamma guardó de mi primer corte, una mecha de mi cabello; luego, el primer diente caído, un pañito de mis primeras lágrimas, la tierra que quitó de mis pies al dar el primer paso. En fin, muchas cosas, hasta mis veinte que partí. Logré guardar fragmentos de mi vida y mi patria. Mía mamma, la de las arrugas tiernas, dientes desencajados y la sonrisa eterna. Mía mamma allá viene subiendo entre calles de piedra, sin sufrimiento. En su mano diestra, trae la hachuela legendaria de madera y metal oxidado. Sobre su testa, leñas para el fogón. La espera su laboratorio de amor, lleno de candor y olores. Surgen al contacto de sus manos mágicas, con las mixturas de condimentos, sal y especias, arrancadas con especial selección. La mía mamma, del vestido de dos piezas y pañoleta negra de flores blancas, porque ya mi padre se había elevado al cielo, como incienso de esperanzas remotas. Porque muerto ya no hay tiempo, eso creemos; no es así. Lustros atrás, que, para ella, la mía mamma, no son na'. Mía mamma lleva en su cuello un collar de plata, que enlazaba un relicario con una foto, decía, era de sua mamma, mía nonna querida.

Ven pronipote, hijo mío, siéntate a mi lado, un abrazo es justo porque lo anhelas, sé que me amas, como también yo te amo ¡Qué talante tienes! Mira mi rostro, aún conservo mi piel con pliegues perfectos, el desorden de pelos en mis oídos y narines. Como ves, soy de corta estatura y el acento tónico me delata. Acompáñame, es mi deseo que conozcas a quien conmigo a riesgo de fallar, vino a buscar libertad.

Decir que caminamos, lo tengo en duda, sólo sé que nos aproximamos a un sitio lleno de nostalgia, de miradas perdidas en un horizonte con deseos de volar a ultramar. Sentía latidos de corazones esperanzados, como el de una persona, que al dar vueltas el mundo, estaba de pies justo frente de nosotros. Lo describo: de mediana estatura, cabello castaño oscuro ondulado, rostro típico italiano, ojos claros como incrustados en la lente de una cámara fotográfica; vestido entero desabotonado, corbata a rayas diagonales, la mano izquierda metida en el bolsillo del pantalón, resaltaba el doblez perfecto y el pañuelo blanco en punta, estilo tano. Seguro nos esperaba. Detrás de él, unas cortinas de pliegues, de aspecto teatral, hacían juego con el color carnauba de sus zapatos media bota. Nos invitó a sentarnos en unas butacas que existieron para ese momento. Pensé iba a iniciar la función, pues todo tenía aspecto escénico. Al verlo mi mente se elevó, como buscando a alguien en los confines de mi cerebro. Ese rostro me resultaba familiar, pero, ¿dónde lo vi? Pedí permiso a ambos; con un gesto a la par consintieron en ello. Me retiré unos cuantos pasos, mi esfuerzo por recordar a esa persona, me llevó a recapitular hechos anteriores. Hasta que di con él.

Ese rostro estaba en una fotografía en la casa de Andreína, junto con su esposa Pierina. Recuerdo dijo:

—<< *Hoy floreció mi primer Jazmín y este año pude ponerlo al lado de la foto de mis abuelos. Siempre pienso que cuando una planta florece, es un gran mensaje*>>.

— El Jazmín es una planta muy especial, su aroma es único y sacia el alma… Dios me la bendiga, igual a su esposo — respondí.

Mi bisnonno ante los abuelos de Andreina

Vuelto en sí, regresé al sitio. Una mujer agraciada con sus manos cubría los hombros del hombre que presumía, conocía. Su vestido de florecillas y mirada tierna, daban cuenta del amor de ellos. Todos me miraban.

— ¿Don Vicenzo? ¿Señora Pierina?

— ¿Nos conoces? — Respondió el hombre con los ojos exorbitados. La señora Pierina apretó sus hombros.

— ¿Don Vicenzo Egidio?

— ¿Qué pasa hijo? — preguntó mi Bisnonno Gaetano Luis.

— Son los abuelos de Andreína, mi amiga de Buenos Aires.

— ¿Giovane, conoces a mi nipotina Andreína?

— Si Don Vicenzo, señora Pierina. Por circunstancias coincidentes de la vida, nos conocimos. Ella ha sufrido mucho por estos asuntos extraños que se han suscitado en nuestras existencias. Andreína me habló de usted y la señora Pierina, sabe de mi bisnonno también. En el pensamiento que me acompaña, llevo con sumo celo el testimonio de su padecer.

— Andá giovane, cuéntanos.

— Quiero decirle Don Vicenzo, que su nipotina Andreína tiene fina escritura, es muy sensible y los ama con locura, el trazo de su pluma es diciente, tanto que no puedo ser indulgente ante su deseo evidente de llevarlo a su tierra natal con premura.

Expuse el relato de Andreína, el del 28 de abril del 2023; con detalle y pasión. Don Vicenzo Egidio, callado y meditabundo, caminó del brazo de Pierina hacia un sitio lejano, introdujo las manos en los bolsillos del pantalón; sus gemidos incontrolables sacudían su ser. Pierina lo abrazó fuertemente hasta contener su llanto y apaciguar su dolor. Mi bisnonno y yo lo entendimos, guardamos silencio. De lejos, antes de perderse en medio de la espesura de la niebla, Don Vicenzo Egidio, me dijo con la voz entrecortada:

— Giovane, por favor, dile a nuestra nipotina Andreína, que la amamos… nada tengo que decirte, ella nos escucha, lo sabía.

— Señora Pierina, ¿podría confirmarme algo? — sonriente se soltó del brazo de Don Vicenzo y se acercó.

— Sí, dime.

— Andreína tuvo un sueño por primera vez con usted, donde la vio joven con su hijo. Dijo, su cara tenía expresión de un ángel. Su rostro era idéntico a una foto que siempre le acompañaba en sus cuadernos. Estaba usted sentada al lado de Luigi, de doce años. El lugar similar a una catedral a cielo abierto, con columnas extremadamente altas y triangulares. Alcanzó a ver las caricias a su hijo, padre de ella. Ambos la miraban con infinito amor. Andreína piensa, que es una buena señal haberla soñado. Asegura llevar consigo su dolor y le va a ayudar a sacarlo para siempre. ¿Era usted la del sueño?

La señora Pierina, de poco hablar, de gestos claros y sentidos, pasó su mano sobre mi cabeza, sonrió mustia; dio un mudo sÍ y se marchó con su amor eterno, Vicenzo Egidio. Mi bisnonno Gaetano, se despidió, después de un abrazo fraternO, se dirigió a mí y dijo:

— Hijo, son millones de historias que abundan por los senderos de Genéttano. Mujeres lloran a sus bebés muertos y dejados en altamar; eso duele mucho. Mira, ella es Carmen Calio, su papá arribó a Argentina a finales de los cincuenta, después que peleó en la guerra. Empezó a trabajar para hacer la casa para su familia; lo ayudaba un primo que era albañil. Antes, llegaron su esposa y cuatro hijos. Se las arreglaron como pudieron mientras terminaban su vivienda; todos de la familia participaron en esa labor, a excepción de Carmen por su corta edad, tan solo tenía cinco años. Aún la casa está en pie y habitada. Sesenta y nueve años de alegrías y tristezas, plasmados en cinco generaciones, nunca han podido regresar a Italia, sueñan con eso. Sussana Viccari, su abuelo llegó a los catorce años de edad a Argentina, él murió a los noventa años, cuando ella cumplía los quince. Marianna Manna: su nonna, quizá por esa nostalgia de saber que no volvería, escasamente hablaba de su tierra, su pequeño pueblo, su desarraigo y su gente. Abrigaba el silencio como quien cubre una vieja herida, discurrían sus días disfrutando el aquí y el ahora; acompañada de sus seis hijos y catorce nietos…, hilvanando sueños…, seguramente, esos mismos que soñaba cuando zarpó en el barco, desde el Puerto de Capodichino hacia el Puerto de Buenos Aires. Vaya a saber si ilusionada, triste o resignada; arribó el 29 de junio de 1930, para encontrarse con su esposo, quien había emigrado unos años antes desde Nápoles. Las esperaba, a ella y a su pequeña hija. Quizá esa añoranza de Carmen, que viene de los recuerdos de su infancia; despertó en ella, ilusiones de paisajes, gente y olores por conocer, sin que necesariamente existieran, para recrear y despertar esos silencios, pues sabía, que llegar en medio de las alucinaciones a ese pequeño pueblo; lo iba a entender todo; hasta las mentiras llenas de verdades.

¿Ya sabes, hijo, el motivo de tanta insistencia?, aunque no es posible que conozcas a Genéttano, por obvias razones. Relevante es, que sepas lo vital que es para nosotros regresar. Antes, pensábamos, que el solo hecho de que a nuestros descendientes les fuese reconocida la ciudadanía, el retorno genético nos conduciría a la libertad.

Más de tres décadas, que son menos de tres segundos de la real vida; bastaron para lograr esta alternativa, y tú creíste, como Andreína creyó igual. El secreto, la llave; es creer. El creer abrió el astillero del cielo, por eso fue botado a la mar de nubes azuladas el gran L´Amittano, construido con nuestras oraciones y ruegos. Pero debían confluir tiempos generacionales diferentes, entre los inmigrantes de la diáspora y el presente cíclico de sus descendientes. Justa explicación es esta. Llegó el momento de partir, hijo.

— Bisnonno, ¿y cuándo lleguen?

— Cuando arribemos pronipote mío, tendremos la mejor recepción, la nunca vista jamás. Desvariaremos con aromas, saborearemos el chocolate de Turín, el café en Trieste; la antigua farmacia de Florencia, visitaremos. Limonadas de Mento tomaremos; el Mirto en Cerdeña… Tanto por hacer, tanto por disfrutar, hijo. Nuestras longevas pieles se hincarán hasta el desespero… Sucumbiremos por el desenfreno. Mis genes en ti, que, por dulces sensores, sabrán que estaré allá, en la mía patria. Al final, sí, al final, sentirás versos flotando, alegres, sobre pentagramas de placeres, algo extraño pero gratificante. Saltarás sonso con el sonar del acordeón de ciento veinte bajos; tu mejor canción. Querrás cantar a muchos vientos, en armonía con los coros de nuestra felicidad; visible en ultramar.

Los restos hidalgos de los caudillos de dolores y afugias centenarias, quedaron sembrados en los solares de los olvidos, de las naciones que los adoptaron. Los de Gaetano Luis en << El Monte de Los Olivos>>, de las tierras del Bálsamo de Las Arenas. Los de Vicenzo Egidio y Pierina, en el cementerio de San Martín; fueron sudamericanos para siempre. Lucharon por regresar a sus tierras, aún después de sus muertes y lo lograron. Solidarios, como hermanos, llevaron a sus paisanos, sobre las olas jadeantes de otros tiempos. De un mar sin sal, de nubes con pólvora aún, y canciones que bregaban salir de los discos de gramófono, que giraban a una velocidad uniforme de setenta y ocho revoluciones por minuto. De las tierras de espectros de Sudamérica, partieron rumbo a una nave prodigiosa, felizmente hermosa, cuyo tamaño era el mismo que el de la esperanza que abrigaron las almas condenadas por el ostracismo, de los entonces de su Nación.

De nuevo, escuché el silencioso bullicio, esta vez, de blancas sombras, como el del instante aquel vivido en el muelle, que era varios muelles sudamericanos al mismo tiempo; supe después. Vi a los hijos de los hijos de sus hijos, descendientes vivos, tan vivos como ellos. Juntos consumían el aire de sus épocas, sin mezclarse. Se embarcaron por única vez; no habría otra oportunidad más.

El retorno a casa, el LÁmittano

La intrépida y hasta absurda acción mía y de Andreína, dio frutos. Tomado de la mano, llevé a mi bisnonno Gaetano Luis hacia la taquilla de boletos.

Mi indumentaria cambió, pasé a tener gabardina impermeable al aire y al agua, zapatos negros de charol, sombrero Borsalino negro, similar a uno de Logroño que me obsequió mi amigo Fritz Bischoff. Luego pasamos al sitio del que anotaba la lista de pasajeros, un hombre joven vestido con pantalón azul, bordes de costura rojo, saco de botones dorados. Nunca alzó su rostro, soló escribió los datos que leyó en un papel viejo que mostró mi bisabuelo, no pude leerlo. Seguimos al sitio de embarque, el corazón se nos aceleró a ambos. Caminamos aproximadamente unos cien metros, hasta unos bolardos de concreto unidos entre sí por cadenas perladas brillantes. Había un espacio, que era el comienzo de un camino alfombrado. No fue posible mi paso hacia la alfombra. Mi bisabuelo me detuvo, puso su mano en mi pecho: hasta aquí me acompañas hijo — dijo con voz alegre, triste. Nos dimos un abrazo indescriptible y despedimos con la mirada. Lo vi caminar lentamente hacia el L´Amittano. Di la espalda al barco para marcharme cansado, en estado de marasmo. Escuché nuevamente a los niños aquellos, los de Sacramento. Regresé bruscamente mi vista a la nave. ¡Por Dios, eran ellos!, vivían un jolgorio increíble. El niño de los tirantes y pantalones cortos, Gaetano Luis, mi bisabuelo, la niña de trenzas cobrizas, Maruja Coronell, mi bisabuela. ¿Por qué ella?, no sé, es su íntimo secreto. Pero, los otros niños, ¿quiénes eran? La risa conocida de una mujer que estaba a mi lado, me hizo girar la cabeza a la derecha.

— Son mis nonnos Vicenzo y Pierina — dijo la mujer.

— ¡Andreína! ¡Sabía que venías!, pero no supe más de ti.

— No fue fácil nuestro encuentro, tuve mucho temor; pero era necesario. Al fin son libres y felices, al fin soy libre y feliz. Como inferimos aquella ocasión, tus bisnonnos y mis nonnos, son amigos desde que habitaron Genéttano.

Uno por uno, fueron anotados en el libro de la vida; de la libertad. Como en aquéllas, sus épocas de la diáspora. La List Passengers del L´Amittano, sobre el mismo papel amarillento y vetusto; ya sin lignina, fue llenándose paulatinamente. La fila de la paciencia era eterna y placentera. La escena del retorno, tal como la de partida, que sufrieron en distintas fechas de sus días, era la misma que en los tiempos de sus memorias. Se juntaban y abrazaban en la rampa de abordaje, semejante al hilo de las cometas en vuelo; su longitud de forma senoidal no tenía fin.

La isla Genéttano quedó desierta por fin, ya los huesos y cenizas dejadas atrás en los barrios silenciosos de las ciudades de Sudamérica, no importaban. El jolgorio de ellos, los millones de inmigrantes italianos que retornaron bailaron al son de la Tarantela. Se marcharon traspasando el horizonte adornado por el humo blanco de las tres fumarolas: reconciliación, perdón y felicidad. Descansen o retomen en paz sus vidas; bisnonnos, bisnonnas, nonnos y nonnas.

No sé qué habrá en ese, su paralelo ultramar.

Amén.

Los que quedamos en el puerto de <<La Esperanza>>, en cualquiera de nuestros presentes, guiados por cantantes de buena voz, banda de cuerdas y tambores latinos, interpretamos la canción

que no tiene tiempos y estáticos pentagramas, desde
el 53.

<< L'Immigrante italiano>>.

<<El inmigrante italiano
que llegó a América,
una bolsita sobre los hombros
solo se llevó.

Despacio, despacio, pobrecito
su familia fundó,
noche y día a trabajar
y nunca el trabajo lo cansó.
Y ahora que el inmigrante es viejecito
con los hijos que tiene en América,
recuerda la pequeña ciudad querida
donde espera un día regresar.

¡La América, la América!,
tierra de libertad,

cada uno que allá tiene hijos

¡Se debe respetar!

¡La América, la América!

Se tiene que tener honor,

solo la nuestra bella Italia,

¡no podemos nunca olvidar!

Puentes, calles, las minas,

ferrocarriles, él instaló,

del viejecito italiano

conocen de ello el sudor.>>

Letras y tonadas que nos encresparon, llenaron de paz nuestras vidas y las de ellos ya vivos.

Volvieron a ser niños, niñas, adolescentes, jóvenes…, genes nuevos y alegres, en cuerpos nuevos. Cesó el dolor perpetuus.

Esta es la lista de los que retornaron ese día sin noche, de fiesta, de años de memorias; gracias a sus descendientes, que cumplieron su deseo del regreso a casa. Aunque insistan en desmentir los hechos terrenales, que dieron lugar al surgimiento de Genéttano.

Son ellos:

1. Gaetano Luis Mucca (Colombia)

2. Luigi Ángelo Vacca (Colombia)

3. Juanita Vacca Dede (Colombia)

4. Maruja Coronell (Colombia)

5. Vicenzo Egidio Martin Canton (Argentina)

6. Pierina Saino Biscaldi (Argentina)

7. Clementina Biscaldi Legnazzi (Argentina)

8. Andrea Pietro Saino Vandone (Argentina)

____

____

____

…, continúa el registro de pasajeros hasta la voluntad de los descendientes tanos vivos.

Me pregunto:

¿Cuántas dimensiones tiene la tierra, para que quepa tanta gente?

Pues parece, nadie ha muerto.

Fin